LA CAPTIVE
AUX CHEVEUX
DE FEU

ŒUVRES DE MARION ZIMMER BRADLEY DANS PRESSES POCKET

LA ROMANCE DE TÉNÉBREUSE

Les origines
  1. LA PLANÈTE AUX VENTS DE FOLIE

Les Ages du Chaos
  2. REINE DES ORAGES !

Les Amazones Libres
  3. LA CHAÎNE BRISÉE

Le temps des Comyn
  4. L'ÉPÉE ENCHANTÉE
  5. LA TOUR INTERDITE
  6. L'ÉTOILE DU DANGER
  7. SOLEIL SANGLANT
  8. LA CAPTIVE AUX CHEVEUX DE FEU
  9. PROJET JASON

SCIENCE-FICTION
Collection dirigée par Jacques Goimard

MARION ZIMMER BRADLEY

LA ROMANCE DE TÉNÉBREUSE

LA CAPTIVE AUX CHEVEUX DE FEU

Traduit de l'américain
par Simone Hilling

Presses pocket

Édition originale américaine :
WINDS OF DARKOVER
Ace Books, Inc.

La loi du 11 mars 1957 n'autorisant, aux termes des alinéas 2 et 3 de l'article 41, d'une part, que les copies ou reproductions strictement réservées à l'usage privé du copiste et non destinées à une utilisation collective, et, d'autre part, que les analyses et les courtes citations dans un but d'exemple et d'illustration, « toute représentation ou reproduction intégrale ou partielle, faite sans le consentement de l'auteur ou de ses ayants droit ou ayants cause, est illicite » (alinéa premier de l'article 40).
Cette représentation ou reproduction, par quelque procédé que ce soit, constituerait donc une contrefaçon sanctionnée par les articles 425 et suivants du Code pénal.

© 1970, by Marion Zimmer Bradley.
© Éditions Presses Pocket, 1990,
pour la présente édition et la traduction.
ISBN 2-266-03382-4

1

BARRON fourra ses affaires dans un sac à dos, serra la coulisse et dit tout haut :

— Voilà, c'est décidé, et qu'ils aillent au diable.

Il se redressa et regarda une dernière fois le monde minuscule et propret de son logement au quartier général de l'Astroport. Construit avec une grande économie de matériaux (c'était le premier bâtiment terrien édifié sur Ténébreuse, là où fut élevée plus tard la Cité du Commerce), chaque logement ressemblait un peu à une cabine de vaisseau spatial : étroit, clair, propre et encombré, avec des meubles fonctionnels, presque tous encastrés. Parfait pour un astronaute professionnel. Pour les rampants, c'était autre chose ; ça les rendait claustrophobes.

Barron s'en était plaint comme les autres, affirmant qu'un tel logement serait parfait pour deux souris, sous réserve que l'une d'elles suive un régime draconien. Mais maintenant qu'il le quittait, il ressentait un curieux pincement au cœur, à la limite de la nostalgie. Il y avait vécu cinq ans.

Cinq ans ! Je n'avais jamais envisagé de m'incruster si longtemps sur une planète !

Il chargea son sac et ferma sa porte pour la dernière fois.

Le couloir était aussi fonctionnel que les logements,

avec des graphiques et des cartes tapissant les murs à hauteur d'homme. Il avançait à grands pas, sans voir les cartes familières, mais il jeta un coup d'œil amer sur le tableau d'affectations, et vit son nom en lettres rouges sur la liste redoutée des réprimandes. Il en avait cinq — cinq réprimandes officielles — et il n'en fallait que sept pour entraîner le licenciement définitif du Service Spatial.

Rien d'étonnant, pensa-t-il. *On ne m'a pas accablé ; en fait, on a plutôt été indulgent avec moi. C'est par un pur coup de pot, sans que j'y sois pour rien, que le transporteur et le vaisseau cartographique ne se sont pas écrasés, anéantissant l'Astroport et la moitié de la Cité du Commerce !*

Il serra les dents. Voilà qu'il ruminait ses fautes comme un écolier — et encore ce n'était pas le plus grave. Bien des fonctionnaires du Service Spatial Terrien tiraient leurs vingt ans sans une seule réprimande — et lui, il en avait accumulé cinq en une seule nuit.

Même si ce n'était pas sa faute.

Si, c'était ma faute, bon sang. La faute à qui, sinon ? J'aurais dû me faire porter malade.

Mais je n'étais pas malade !

La feuille de réprimandes précisait : négligence grave pendant le service, faisant courir un gros risque d'accident à un vaisseau en phase d'atterrissage. On l'avait trouvé endormi à son poste. *Mais, bon sang, je ne dormais pas non plus !*

Rêve éveillé, alors ?

Essaye de leur faire croire ça ; essaye de leur faire croire que, quand tous tes nerfs et tous tes muscles auraient dû être en alerte, tu étais... ailleurs. Tu étais piégé dans un rêve profond, déstabilisé par les couleurs, les formes, les sons, les odeurs, les flamboiements de lumière. Courbé contre un vent glacial, tu marchais sous un ciel pourpre sombre, sous un soleil rouge éclatant — le soleil de Ténébreuse, que les Terriens appellent le Soleil Sanglant. Tu ne l'avais jamais vu ainsi, chatoyant de toutes les couleurs de l'arc-en-ciel, comme si ses rayons avaient traversé un grand mur de cristal. Tu entendais tes bottes sonner sur une pierre dure comme la glace — et la haine faisait battre ton sang à tes tempes, et lançait dans tes veines des décharges d'adrénaline. Tu t'étais mis à courir, sentant la haine et le désir du sang monter en toi comme une vague ; devant toi, quelque chose s'était cabré — homme, femme ou bête, qu'importe — et tu t'étais entendu gronder tandis qu'un fouet claquait et que quelqu'un hurlait...

Le rêve s'était évanoui dans la monstrueuse cacophonie des klaxons, des sirènes et des cloches ; les clignotants d'alerte fulguraient partout ; alors, tes réflexes avaient pris le dessus. Tu n'avais jamais agi si vite. Trop tard. Tu avais appuyé sur le mauvais bouton, la tour de contrôle avait été privée de huit secondes essentielles de marge, et seul un miracle de dernière seconde, œuvre du jeune capitaine du vaisseau cartographique — plus tard, il reçut trois décorations pour ça, — avait sauvé l'Astroport de ce genre de catastrophe qui, vingt ans après, tire encore les gens — enfin, ce qu'il en reste — d'un sommeil hanté par des cauchemars effrayants.

Depuis, on ne lui adressait pratiquement plus la parole. Son nom inscrit sur la feuille de réprimandes avait fait de lui un paria. On lui avait ordonné de quitter son logement à 27.00 ce soir-là et de se présenter pour recevoir sa nouvelle affectation, mais personne ne s'était soucié de lui préciser où on l'envoyait. C'était aussi simple que ça — cinq ans à l'Astroport de Ténébreuse et dix-sept ans dans le service étaient anéantis. Il ne se sentait pas spécialement maltraité. On ne pouvait pas tolérer ce genre de faute dans le Service Spatial.

Le couloir se terminait par une arche ; une plaque, qu'il voyait tous les jours depuis cinq ans et qu'il ne remarquait plus, annonçait qu'il se trouvait à la Coordination Centrale. Contrairement au bâtiment d'habitation, celui-ci était construit en pierre de Ténébreuse, translucide et blanche comme de l'albâtre, avec d'immenses fenêtres où il vit les lumières bleues de l'Astroport, les silhouettes des vaisseaux, les équipes de maintenance, et, bien au-delà, le clair de lune vert pâle. C'était une demi-heure avant l'aube. Il regretta de ne pas s'être arrêté pour déjeuner, puis il s'en félicita. Barron n'était pas susceptible, mais la façon dont les autres l'ignoraient à la cafétéria aurait coupé l'appétit à n'importe qui. Il n'avait pas mangé grand-chose depuis deux jours.

Il y avait toujours la Vieille Ville, la partie indigène de la Cité du Commerce où il s'échappait parfois pour manger des plats exotiques quand il était fatigué des repas standard du service ; de nombreux restaurants se spécialisaient dans la clientèle des astronautes et des touristes en quête de cuisine différente. Mais il n'avait pas eu envie de passer devant les gardes ; ils auraient pu l'arrêter. Ils auraient pu penser qu'il essayait d'échapper à la procédure officielle. Il n'était pas officiellement en état d'arrestation, mais on n'avait plus confiance en lui.

Il posa son sac devant la rangée d'ascenseurs, pressa le bouton du dernier étage ; la cabine l'enleva prestement, pour le déposer devant la salle de contrôle. Il franchit la porte et, sans lever les yeux, se dirigea vers le bureau du coordinateur.

Alors, sans avertissement... il se retrouva debout sur un haut parapet, un vent glacial tourbillonnant autour de lui, arrachant ses vêtements et lui donnant frissons et chair de poule. Au-dessous de lui, des hommes hurlaient, gémissaient et mouraient dans un cliquetis d'acier ; quelque part, il entendit des pierres tomber dans un grondement de fin du monde. Il ne voyait rien. Il se cramponnait à la pierre, les doigts paralysés par le froid, et luttait contre la nausée qui montait. *Tant d'hommes. Tant de morts, qui étaient tous mes compatriotes et mes amis...*

Il lâcha la pierre. Ses doigts étaient si raides qu'il fut obligé de les détacher avec l'autre main. Il resserra autour de lui ses vêtements qui claquaient au vent, puisant un confort incongru dans le contact de la fourrure contre ses mains glacées, et en tâtonnant, s'engagea vivement dans l'obscurité impénétrable. Il avançait comme en rêve, sachant où il allait sans savoir pourquoi ; ses pieds reconnaissaient le chemin familier. Il se sentit passer des pavés à un parquet de bois, puis monta un long escalier, puis un autre — plus loin, toujours plus loin, jusqu'au moment où les bruits de bataille et de destruction s'estompèrent et se turent. Il avait la gorge serrée et sanglotait en marchant. Il passa sous une arche basse, qu'il n'avait jamais vue et ne verrait jamais, baissant machinalement la tête. Il y avait un courant d'air froid. Dans le noir, il tâtonna et trouva sur lui comme un capuchon de texture duveteuse qu'il rabattit vivement, enfonçant sa tête dans les plumes.

Il se sentit tomber en avant et, au même instant, il eut l'impression de quitter le sol, de s'élever et de s'envoler sur les ailes de la substance duveteuse. Soudain, l'obscurité fit place à la lumière ; il ne la percevait pas par ses yeux mortels, mais par toute la peau de son corps ; il sentait combien la lumière était froide et rougeâtre et les nuages glacés. Léger, porté par la robe de plume, il s'élevait dans la soudaine brillance de l'aube.

Il s'habitua très vite à son costume d'oiseau, et, virant sur une aile *(voilà bien longtemps que je n'ai pas osé faire ça)*, il se retourna pour regarder au-dessous de lui.

Les couleurs étaient plates et étranges, les formes distordues et concaves, il ne les voyait pas avec ses yeux ordinaires. Tout en bas, une foule d'hommes en grossiers vêtements sombres étaient groupés autour d'une tour rudimentaire couverte de peaux de bêtes, près d'un ouvrage avancé. Des flèches volaient, des hommes hurlaient ; un homme tomba du mur en hurlant et disparut. A grands coups d'ailes, il voulut descendre en piqué et...

Il était debout sur un sol ferme, épongeant son visage ruisselant de sueur.

Il était là. Il était Dan Barron. Il ne volait pas, réduit à un corps de plumes, au-dessus d'un paysage mouvant, luttant contre le vent glacial. Il regarda ses doigts et en porta un à sa bouche. Il était raidi par le gel. *La pierre était froide.*

Ça avait recommencé.

Ça paraissait si vrai, *si sacrément vrai*. Il avait la chair de poule et il essuya ses yeux que le vent glacé faisait toujours pleurer. Bon sang, pensa-t-il en frissonnant. Quelqu'un lui avait-il fait prendre subrepticement une drogue hallucinogène ? Mais pourquoi ? Il ne se connaissait pas d'ennemis. Il n'avait pas de vrais amis — il n'était pas du genre à s'en faire dans un avant-poste écarté — mais pas d'ennemis non plus. Il faisait son travail et n'embêtait personne, et il ne connaissait aucun collègue pour jalouser ses maigres biens ou son travail ingrat et sous-payé. La seule explication, c'est qu'il était fou, psychotique, dingue, à côté de ses pompes. Il réalisa que dans ce rêve inquiétant — rêve, obsession ou hallucination, — il avait parlé et pensé dans la langue de Ténébreuse — dans ce dialecte fortement accentué qu'il comprenait, mais dont il ne parlait que quelques mots, pour passer commande au restaurant ou acheter quelques babioles à la Cité du Commerce. De nouveau, il frissonna et s'épongea le visage. Ses pieds l'avaient amené à quelques pas de la porte du coordinateur, mais il s'arrêta, pour reprendre son souffle et ses esprits.

Ça faisait cinq fois.

Les trois premières, il s'était dit que c'étaient des rêves éveillés anormalement vivants et réels, nés de l'ennui et de l'alcool, brodant sur ses incursions rares mais pittoresques dans la Vieille Ville. Il les avait écartés sans beaucoup y réfléchir, bien que la peur ou la haine qui le possédaient dans ces rêves l'aient éveillé en frissonnant. La quatrième fois... c'était la catastrophe évitée de justesse à l'Astroport. Barron n'avait pas beaucoup d'imagination. Il n'avait pas trouvé d'autres explications possibles qu'une dépression nerveuse ou une drogue hallucinogène glissée dans sa nourriture par un farceur malintentionné, et ça n'allait pas plus loin. Il n'était pas assez paranoïaque pour penser qu'on l'avait drogué dans l'intention de provoquer ce qui s'était effectivement produit, sa disgrâce et une tragédie à l'Astroport. Il était troublé, apeuré et furieux, mais sans savoir si sa colère lui était propre ou faisait partie de l'étrange rêve.

Il ne pouvait pas différer davantage. Il redressa les épaules et frappa à la porte du coordinateur. Le panneau vert s'alluma et il entra.

Mallinson, Coordinateur des Activités de l'Astroport pour la Zone terrienne de Ténébreuse, était un personnage corpulent qui, à n'importe quelle heure du jour et de la nuit, semblait avoir couché dans son uniforme. Il avait l'apparence d'un homme sérieux et sans imagination. Toute velléité qu'aurait pu avoir Barron de parler de ses expériences à son supérieur tourna court. Pourtant, Mallinson le regarda dans les yeux, et c'était la première personne à le faire depuis cinq jours.

Il dit sans préambule :

— Alors, qu'est-ce qui s'est passé, bon sang ? J'ai consulté votre dossier qui est très élogieux. D'après mon expérience, personne ne fait une carrière parfaite, pour la ruiner comme *ça;* l'homme destiné à faire une grosse faute commence d'abord par en faire des tas de petites, et nous avons le temps de changer son affectation avant qu'il provoque un désastre. Etiez-vous malade ? Non que ce soit une excuse — dans ce cas, vous auriez dû vous porter malade et demander un remplaçant. Nous pensions vous trouver mort d'un arrêt cardiaque — nous pensions que seule la mort pouvait vous incapaciter à ce point.

Barron pensa à la salle de contrôle et à son immense écran où s'inscrivaient tous les vaisseaux entrant et sortant de l'Astroport. Mallinson reprit, sans lui donner le temps de répondre :

— Vous ne prenez ni alcool ni drogues. Comme vous le savez, la plupart des hommes tiennent huit mois à la salle de contrôle ; puis la responsabilité commence à leur donner des cauchemars, ils se mettent à faire de petites erreurs, et nous les affectons alors à un autre poste. Bien que vous n'ayez jamais fait la moindre erreur, nous aurions dû réaliser que vous n'auriez pas le bon sens d'appeler au secours — les petites bêtises, c'est la façon dont l'esprit crie à l'aide : « C'est trop pour moi, mettez-moi ailleurs. » Vous ne l'avez pas fait, mais nous aurions dû vous transférer quand même. C'est pourquoi on ne vous a pas fichu dehors avec sept réprimandes et une amende de mille crédits. Nous vous avons laissé cinq ans au contrôle, et nous aurions dû savoir que nous frisions la catastrophe.

Barron réalisa que Mallinson n'attendait pas de réponse. Les gens qui commettent des fautes de ce calibre ne peuvent jamais les expliquer. S'ils savaient pourquoi ils les ont faites, ils ne les auraient pas commises.

— Avec votre dossier, Barron, nous pourrions vous transférer dans la Couronne. Mais nous avons une vacance ici. J'ai cru comprendre que vous parlez la langue de Ténébreuse ?

— La langue de la Cité du Commerce. Je comprends l'autre, mais je la parle mal.

— C'est suffisant. Vous vous y connaissez en exploration et en cartographie ?

Barron sursauta. C'était un vaisseau d'E et C qui avait failli s'écraser cinq jours plus tôt, et le sujet était sensible ; pourtant, en regardant Mallinson, il comprit que celui-ci ne se moquait pas de lui, mais lui demandait simplement une information.

— J'ai lu un livre ou deux sur la xénocartographie, dit-il. C'est tout.

— Vous connaissez le polissage des lentilles optiques ?

— Les principes. La plupart des gosses se construisent un petit télescope à un moment ou à un autre. Je l'ai fait aussi.

— C'est parfait ; je n'ai pas besoin d'un spécialiste, dit Mallinson avec un sourire sans joie. Nous en avons des tas, mais ils sont trop savants pour les indigènes. Maintenant, que savez-vous de la culture de Ténébreuse ?

Se demandant où il voulait en venir, Barron répondit :

— J'ai suivi le Cours d'Orientation Deux, Trois et Quatre il y a cinq ans. Sans en avoir besoin, puisque je travaillais à l'Astroport.

— Très bien ; vous savez donc que les indigènes ne se sont jamais beaucoup intéressés à la petite technologie — télescopes, microscopes et autres. Leurs prétendues sciences s'occupent de sujets tout différents et je n'en sais pas grand-chose non plus ; les autres n'en savent pas davantage, sauf quelques anthropologues et sociologues très spécialisés. Pourtant, le Conseil des Affaires Terriennes reçoit parfois des requêtes concernant des aspects mineurs de la technologie, et présentées par des individus isolés. Pas par le gouvernement — si toutefois il existe un gouvernement sur Ténébreuse, ce dont personnellement j'aurais tendance à douter, mais là n'est pas la question. Une personne ou une autre — je ne connais pas les détails — a décidé que pour l'observation et la prévention des feux de forêts les télescopes seraient des petits gadgets très pratiques. L'idée a fait son chemin on ne sait trop comment et a abouti au Conseil des Anciens de la Cité du Commerce. Nous avons offert de leur vendre des télescopes. Oh non, ont-ils poliment refusé, ils préféreraient que nous leur envoyions quelqu'un pour enseigner à leur personnel le polissage des lentilles, et superviser la construction, l'installation et l'utilisation des appareils. Pas facile à trouver au Bureau du Personnel. Mais vous voilà sans affectation, et votre dossier stipule que le polissage des lentilles fait partie de vos hobbies. Vous commencerez aujourd'hui.

Barron fronça les sourcils. C'était un travail pour un anthropologue, un officier de liaison ou un spécialiste de la langue de Ténébreuse ou... *l'observation des feux de forêt ! Merde, c'était un boulot de gosse !* Il dit avec raideur :

— Monsieur, permettez-moi de vous rappeler que c'est en dehors de mon secteur et en dehors de ma spécialité. Je n'ai aucune expérience en ce domaine. Je suis spécialisé dans l'établissement des horaires et le contrôle des mouvements...

— Plus depuis cinq jours, dit brutalement Mallinson. Ecoutez, Barron, votre spécialité, c'est terminé, vous le savez. Nous ne voulons pas vous renvoyer en disgrâce — du moins avoir la plus petite idée de ce qui vous est arrivé. Et votre contrat a encore deux ans à courir. Nous voulons vous caser quelque part.

Il n'y avait rien à répondre. Démissionner avant la fin d'un contrat, c'était perdre sa prime d'ancienneté et son passage de retour gratuit sur sa planète natale — chose qui pouvait vous coincer indéfiniment sur un monde étranger et vous coûter une année de salaire. Techniquement, il avait le droit de contester une affectation en dehors de sa spécialité. Mais techniquement, ils avaient le droit de le saquer avec sept réprimandes, de le mettre sur la liste noire, de lui faire payer une forte amende et de le poursuivre pour négligence inexcusable. On lui donnait une chance de se sortir de cette situation — pas indemne, mais pas fini à jamais pour le Service.

— Je commence quand ? demanda-t-il.

C'était la seule question possible.

Mais il n'entendit pas la réponse. Comme il scrutait le visage de Mallinson, l'image se brouilla soudain.

Il était debout sur une étendue d'herbe douce ; il faisait nuit mais pas noir. Tout autour de lui, la nuit flambait d'un grand feu ronflant dont les flammes, comme des tentacules, se tordaient très haut au-dessus de sa tête. Et au milieu des flammes, il y avait une femme.

Une femme ?

Elle était d'une taille et d'une minceur presque inhumaines, mais juvénile ; baignée par les flammes, elle restait aussi insouciante que si elle s'était trouvée sous une cascade. Elle ne brûlait pas, elle n'agonisait pas. Elle avait l'air heureux et souriant. Elle avait les mains sur ses seins nus, et les flammes léchaient son visage et ses cheveux roux flamboyant. Puis, le visage joyeux et juvénile vacilla et devint d'une beauté divine, la beauté d'une grande déesse brûlait éternellement dans le feu, d'une femme à genoux entravée par des chaînes d'or...

— ... et vous pourrez arranger tout ça en bas, au Service Personnel et Transports, termina Mallinson d'une voix ferme en repoussant sa chaise. Ça va, Barron ? Vous avez l'air crevé. Je parie que vous n'avez pas beaucoup mangé et dormi depuis quelques jours. Vous devriez voir un médecin avant de partir. Votre carte est encore valable à la Section 7. Tout ira bien, mais plus tôt vous partirez, mieux ça vaudra. Bonne chance.

Pourtant il ne lui tendit pas la main, et Barron savait que ce n'était pas normal.

Il trébucha en sortant du bureau, et le visage de la

femme au bûcher, dans son extase inhumaine, l'accompagna dans la terreur et la stupeur.

Il pensa : *Qu'est-ce qui m'arrive ?*

Et, au nom de tous les dieux de la terre, de l'espace et de Ténébreuse — pourquoi ?

2

On réparait la brèche de l'ouvrage avancé.

Brynat le Balafré était sorti pour regarder, et, debout sur le parapet intérieur, supervisait le travail. C'était un matin froid où flottaient des brumes venues de la montagne ; dans le froid, les hommes évoluaient au ralenti, comme engourdis. Petits montagnards basanés, en haillons et encore épuisés de la bataille, ils combattaient le terrain difficile et la pierre froide, commandés par des cris et un coup de fouet occasionnel donné par l'un des hommes de Brynat.

Brynat était un homme de haute taille en tenue d'apparat déchirée, sur laquelle il avait enfilé un manteau de fourrure prélevé sur le butin. Une grande cicatrice lui barrait la joue de l'œil au menton, donnant à son visage déjà laid une apparence sauvage de bête qui se serait habillée en homme. Derrière lui, son porteur d'épée, petit homme aux oreilles décollées, s'agitait, ployant sous le poids de l'épée du hors-la-loi. Il recula craintivement quand Brynat se tourna vers lui, s'attendant à un coup ou à une insulte, mais Brynat était de belle humeur ce matin-là.

— Quels crétins nous faisons, mon vieux — nous avons mis des jours à détruire ce mur, et quelle est la première chose que nous faisons ? Nous le reconstruisons !

L'homme aux oreilles décollées émit un petit rire nerveux d'imposteur, mais Brynat avait déjà oublié son existence. Resserrant ses fourrures autour de lui, il s'approcha du parapet et regarda le mur démoli et le château à ses pieds.

Le château de Storn se dressait sur une montagne défendue par des crevasses et des précipices. Brynat savait qu'il pouvait être fier de l'exploit tactique et technique qui avait permis de faire une brèche par laquelle ses hommes avaient pénétré dans les fortifications et investi la forteresse intérieure. Storn avait été construit, dans un passé lointain, pour être imprenable. Et il l'était resté pendant sept générations d'Aldaran, d'Aillard, de Darriel et de Storn.

Quand il abritait les fiers Seigneurs des Comyn — les anciens Seigneurs des Sept Domaines de Ténébreuse, puissants et télépathes, — il était connu jusqu'au bout du monde. Puis la lignée s'était affaiblie, des étrangers s'étaient alliés par mariage aux anciennes familles, et finalement, les Storn de Storn étaient venus s'y installer. C'étaient des suzerains pacifiques, sans aucune prétention à être plus qu'ils n'étaient — des nobles campagnards, sympathiques et honnêtes, vivant en paix avec leurs voisins et leurs métayers, satisfaits du négoce des beaux faucons de montagne et des métaux artistement forgés par leurs montagnards, qui extrayaient le minerai des sombres falaises et le travaillaient dans leurs forges surchauffées. Ils avaient été riches, et puissants aussi, à leur façon, en ce sens que les Storn de Storn pouvaient donner un ordre et que les hommes leur obéissaient ; mais ils obéissaient en souriant, sans trembler. Ils avaient peu de contacts avec les autres tribus montagnardes, et encore moins avec les seigneurs ; ils vivaient en paix et étaient satisfaits de leur sort.

Et maintenant, ils étaient tombés.

Brynat rit avec satisfaction. Dans leur orgueilleux isolement, les Storn ne pouvaient même pas appeler à l'aide leurs lointains parents seigneuriaux. En s'y prenant bien, Brynat pourrait être fermement établi comme seigneur de Storn bien avant que le bruit de son usurpation se répande jusqu'aux Hellers et aux Hyades. Et se soucieraient-ils que ce château fût gouverné non plus par Storn de Storn mais par Brynat des Hauteurs ? Il pensait que non.

Un vent froid s'était levé et des nuages gris couraient devant le soleil rouge. Les hommes qui traînaient les pierres travaillaient plus vite pour se réchauffer dans la bise mordante, quelques flocons de neige se mirent à tomber. Haussant l'épaule avec insouciance, Brynat fit signe à Chauve-Souris, et, sans regarder si le petit homme le suivait — mais malheur à lui s'il ne suivait pas, — pénétra dans le château.

A l'intérieur, loin des yeux indiscrets, il abandonna son sourire orgueilleux. Son triomphe n'était pas complet, quoi qu'en puissent penser ses partisans, émerveillés par la richesse du butin. Il siégeait dans le haut fauteuil de Storn, mais sa victoire n'était pas complète.

Il descendit vivement et s'arrêta devant une porte capitonnée de velours et voilée de rideaux. Deux mercenaires montaient la garde, à moitié endormis dans le confort moelleux des coussins éparpillés ; une outre de vin vide expliquait leur façon de tuer le temps pendant le service. Mais ils se levèrent d'un bond au bruit lourd de ses pas, et l'un d'eux ricana avec la liberté d'un vieux serviteur :

— Ha, ha ! Deux filles valent mieux qu'une — hein, Seigneur ?

Voyant Brynat froncer les sourcils, l'autre ajouta vivement :

— Ce matin, la jeune fille ne gémit ni ne pleure, Seigneur. Elle se tait et nous ne sommes pas entrés.

Brynat dédaigna de répondre. Il fit un geste impérieux, et ils ouvrirent la porte.

Au grincement des gonds, une petite silhouette vêtue

de bleu se leva d'un bond et pivota sur elle-même, ses longues tresses rousses dansant sur ses épaules. Le visage avait dû être d'une beauté piquante mais pour l'instant, il était gonflé, noir d'ecchymoses ; un œil enflé était à moitié fermé, l'autre flamboyait d'une fureur intense.

— Fils de louve, dit-elle à voix basse, faites un pas de plus — si vous l'osez !

Brynat se balança en arrière, un sourire félin aux lèvres. Les mains sur les hanches, il observa la jeune fille sans mot dire. Il vit les mains blanches et tremblantes, mais remarqua que la bouche enflée ne tremblait pas, que les yeux n'étaient pas baissés. Il savoura cette attitude en riant intérieurement. Ici, il ressentait un authentique triomphe.

— Quoi, vous n'appréciez toujours pas mon hospitalité, Dame Melitta ? Vous ai-je insultée en paroles ou en actes, ou me reprochez-vous la rudesse de mes hommes quand ils vous ont présenté mes propositions ?

Il regarda ses lèvres. Elles n'avaient pas dévié. Toujours la même résolution.

— Où est mon frère ? Ma sœur ?

— Eh bien, grasseya-t-il, votre sœur assiste tous les soirs à mes banquets ; je suis venu vous inviter pour distraire mon épouse ce matin ; je crois qu'elle se languit de voir un visage familier. Mais, Dame Melitta, vous êtes pâle ; vous n'avez pas touché les mets délicieux que je vous ai fait porter !

Il fit une révérence parodique, et se retourna pour prendre un plateau chargé de vin et de victuailles. Il le lui présenta en souriant.

— Voyez, je viens en personne, à votre service...

Elle fit un pas en avant, lui arracha le plateau, y prit une volaille rôtie et la lui jeta au visage.

Brynat jura et recula, essuyant la graisse coulant sur son menton — avec un immense éclat de rire.

— Par les enfers de Zandru ! *Damisela*, c'est toi que

j'aurais dû prendre, et non pas la créature gémissante que j'ai choisie !

Haletante, elle le défia du regard.

— Je vous aurais tué d'abord !

— Je ne doute pas que tu aurais essayé ! Si tu avais été un homme, le château ne serait peut-être jamais tombé — mais tu portes la jupe et non la culotte, le château est en ruine, mes hommes et moi nous sommes là, et tous les forgerons de Zandru ne peuvent pas recoller un œuf cassé. Alors petite maîtresse, écoute bien les conseils que j'ai le regret de te donner : lave ton visage, mets ta plus belle robe, et viens servir ta sœur qui est toujours Dame de Storn. Si tu as un peu de bon sens, tu lui conseilleras de prendre son mal en patience, et vous aurez toutes les deux des robes et des bijoux et tout ce qui plaît aux femmes.

— Des cadeaux de vous ?

— De qui d'autre ? dit-il, haussant les épaules en riant.

Puis il ouvrit la porte aux gardes.

— Dame Melitta pourra aller et venir à son gré à l'intérieur du château. Mais, entendez-moi bien, Maîtresse — les ouvrages avancés, les parapets et les donjons sont interdits, et je donne l'ordre à mes hommes — écoutez-moi bien — de vous arrêter par la force si vous essayez d'en approcher.

Elle avait déjà des injures toutes prêtes, mais elle se ravisa, manifestement intéressée par cette promesse de liberté limitée. Enfin elle se détourna sans un mot ; il ferma la porte et la contempla un instant.

C'était peut-être le premier pas vers sa seconde victoire. Il savait, même si ses hommes ne le savaient pas, que la conquête du château de Storn n'était qu'une première victoire — qui ne signifiait rien sans la seconde conquête. Il réprima un nouveau juron, tourna le dos à la chambre où la jeune fille était prisonnière et s'éloigna. Il monta, monta jusqu'en haut de la vieille tour. Là, il n'y avait pas de fenêtres. Seulement d'étroites meurtrières, laissant passer non la lumière du soleil rouge, mais une clarté bleue, étrange et tremblotante, évoquant une succession ininterrompue d'éclairs. Brynat fut parcouru d'un étrange frisson.

En face des dangers ordinaires, il n'y avait pas plus intrépide que lui. Mais il se trouvait ici en présence de l'ancienne sorcellerie de Ténébreuse, qui, selon les légendes, protégeait des lieux prédestinés comme le château de Storn bien longtemps après la chute de leurs défenses. Brynat referma des doigts soudain nerveux sur l'amulette suspendue à son cou. Il avait tablé sur le fait que l'ancienne magie n'était que du charlatanisme, il avait convaincu ses hommes d'investir le château et il avait gagné. Il avait festoyé dans le château de Storn et s'était moqué des vieilles légendes. Leur magie n'avait pas sauvé la forteresse, non ? Il n'y avait là que des mascarades tout juste bonnes à faire peur aux enfants, aussi anodines que les torches des forgerons nordiques.

Il avança au milieu des scintillements fantomatiques, passa une arche de pierre translucide. Deux guerriers endurcis et obtus, les plus bestiaux qu'il ait pu trouver pour cette tâche, étaient vautrés sur un antique canapé sculpté. Il remarqua qu'ils ne jouaient pas, qu'ils ne buvaient pas, et qu'ils évitaient de regarder, au fond de la pièce, l'arche où un rideau chatoyant de lumière bleue cascadait comme une fontaine entre des pierres. Un soulagement indicible se peignit sur leurs visages à la vue de leur chef.

— Il y a un changement ?

— Aucun, Seigneur. Il est mort — aussi mort que l'âne de Durraman.

— Si seulement je pouvais le croire, grommela Brynat entre ses dents, franchissant hardiment le rideau de flamme bleue.

Il l'avait déjà franchi une fois — son plus bel acte de bravoure, à faire pâlir son triomphe à la dernière barbacane, qu'il avait prise à lui tout seul. Il savait que cet acte inspirait à ses hommes une crainte révérencielle, mais il n'avait pas peur. Il avait vu des choses semblables au-delà des montagnes ; impressionnantes assurément, mais inoffensives. Et pourtant... comment maîtriser sa répugnance devant le picotement électrique, les cheveux qui se dressaient sur sa tête, la chair de poule sur ses bras ? Il se raidit contre la peur animale et passa.

La lumière bleue mourut. Il était dans une chambre sombre, parcimonieusement éclairée par quelques pâles cierges fixés au mur dans des torchères ; un dais de fourrure tressée entourait une couche basse où gisait un homme inanimé.

La forme immobile semblait luire doucement dans la pénombre ; c'était un homme mince et frêle, aux longs cheveux blonds encadrant un front haut, aux yeux profondément enfoncés dans les orbites. Malgré sa jeunesse, il avait le visage sévère et tiré. Il portait une tunique et une culotte très simples en soie tissée, pas de fourrures et pas de bijoux, à part une pierre en forme d'étoile, suspendue à son cou comme une amulette. Ses mains étaient blanches, douces, inutiles — des mains de scribe ou de prêtre, des mains qui n'avaient jamais manié l'épée. Les pieds étaient nus et lisses ; aucun souffle ne soulevait la poitrine. Devant cet homme pâle et doux, fureur et frustration le submergèrent une fois de plus. Storn de Storn gisait sous ses yeux, impuissant — et pourtant hors d'atteinte.

Il revint mentalement au moment de la chute du château. Serviteurs et soldats avaient été réduits à l'impuissance ; il avait envoyé des hommes de confiance pour capturer les dames sans leur faire de mal. Le plus jeune des Storn, un adolescent à peine sorti de l'enfance, et perdant son sang par de nombreuses blessures, Brynat l'avait épargné, admirant à regret sa bravoure — un adolescent, défendre un château à lui seul ? Il était emprisonné dans le donjon, mais le propre médecin de Brynat avait pansé ses blessures. Storn de Storn, voilà la proie que recherchait Brynat.

Ses hommes ne savaient pas; ils n'avaient vu que le butin d'une riche maison, la puissance que leur donnait la prise de cette antique forteresse où ils seraient en sécurité. Mais Brynat poursuivait un gibier plus choisi : les talismans et les pouvoirs des anciens Storn. Une fois Storn de Storn entre ses mains, un Storn de la Lignée authentique, il pourrait les manipuler — et Storn, disait-on, était un homme fragile et maladif, né aveugle. C'est pourquoi il vivait très retiré, laissant le gouvernement de son château à ses jeunes sœurs et à son frère. Brynat avait les vierges et l'adolescent en son pouvoir. *Maintenant, au tour du fragile Seigneur!*

A travers les lumières surnaturelles et les rideaux de feu magique, il avait trouvé le chemin des appartements privés du Seigneur de Storn — et avait découvert qu'il lui échappait, retranché dans sa transe inaccessible.

Depuis plusieurs jours il gisait ainsi. Brynat, malade de rage, se pencha sur la couche, mais aucun souffle, aucun frémissement ne révéla que l'homme vivait encore.

— Storn! vociféra-t-il d'une voix à réveiller les morts.

Pas un cheveu ne remua. Il aurait aussi bien pu hurler dans les vents tourbillonnant autour du parapet. Grinçant des dents, Brynat tira sa dague de sa ceinture. S'il ne pouvait pas utiliser cet homme, il avait au moins le pouvoir de le faire passer du sommeil enchanté au sommeil de la mort. Il leva sa lame et l'abattit brutalement.

La dague se retourna en l'air, se tordit dans sa main, étincela d'un éclat bleu, puis explosa en une flamme blanche de la garde à la pointe. Brynat hurla de douleur et d'angoisse, dansant d'un pied sur l'autre en secouant sa main brûlée où la dague incandescente était collée avec une force diabolique. Les deux mercenaires, tremblant et chancelant, passèrent en hésitant le rideau électrique.

— Vous... vous nous avez appelés, *vai dom?*

Brynat leur lança sauvagement la dague ; elle se décolla et s'envola ; l'un d'eux la rattrapa au vol, la lâcha aussitôt, et elle resta par terre, immobile, sifflant et grésillant encore. Brynat, grommelant un chapelet de jurons, sortit de la chambre. Les mercenaires le suivirent, les yeux dilatés de terreur, leur visage bestial figé comme un masque.

Dans sa paix marmoréenne, bien au-delà de leur atteinte, perdu dans les dédales des royaumes inconnaissables, Storn continua à dormir.

Dans les étages inférieurs, Melitta finit de baigner son visage tuméfié. Assise à sa coiffeuse, elle dissimula par des cosmétiques ses plus grosses ecchymoses, peigna et tressa ses cheveux, revêtit une robe propre. Enfin, réprimant une nausée soudaine, elle but une longue rasade de vin. Elle hésita un instant, puis, ramassant la volaille rôtie par terre, elle l'essuya, et, la dépeçant à la main, en mangea la plus grande partie. Elle ne voulait pas être inutile pour elle-même et pour son peuple. De fait, ragaillardie par le vin et la viande, elle retrouva une partie de ses forces. Son miroir lui apprit qu'à part des lèvres enflées et une ecchymose à un œil, elle était à peu près comme d'habitude.

Et pourtant, rien ne serait plus jamais pareil.

Elle se rappela en frissonnant les murs s'écroulant dans un bruit de fin du monde ; les hommes surgissant de la brèche ; son jeune frère Edric, blessé au visage et à la jambe, et pâle comme un spectre quand on l'avait arraché à la dernière ligne de défense ; sa sœur Allira, fuyant devant Brynat en hurlant comme une démente, puis poussant un cri de douleur — puis plus rien. Melitta avait couru après eux, luttant à mains nues et hurlant, hurlant jusqu'au moment où trois hommes l'avaient saisie et emportée, troussée comme une volaille, dans sa propre chambre. Ils l'avaient rudement jetée à l'intérieur, puis avaient barricadé la porte.

Elle écarta ces souvenirs envahissants. Maintenant

qu'elle avait recouvré une partie de sa liberté, il fallait s'en servir. Elle trouva une cape chaude et sortit de la chambre. Les mercenaires montant la garde à sa porte se levèrent et la suivirent respectueusement à dix pas.

Le cœur battant d'inquiétude, elle traversa les halls déserts comme un spectre dans une maison hantée, suivie par les pas des deux brutes étrangères. Partout, des traces de ruine et de dévastation : tentures déchirées, meubles souillés et disloqués. Il y avait des traces de feu et de fumée dans le grand hall, et, entendant des voix, elle passa sur la pointe des pieds sans y entrer ; les hommes de Brynat y festoyaient, et, bien qu'il eût donné ordre de la laisser tranquille, des ivrognes s'en seraient-ils souvenus ?

Maintenant, où est Allira ?

Brynat, en une plaisanterie sinistre — mais plaisantait-il vraiment ? — avait parlé d'Allira comme de son épouse. Melitta avait été élevée dans les montagnes ; même en ces temps paisibles, elle avait entendu parler de ces attaques de bandits : châteaux mis à sac, hommes mis à mort, dames mariées de force — si l'on pouvait donner le nom de mariage à un viol présidé par un prêtre —, message annonçant l'alliance de la famille régnante et du bandit et le retour de la paix, du moins en apparence. C'était un beau sujet de sagas et de ballades, mais le sang de Melitta se glaça à l'idée de sa sœur si délicate tombée aux mains de cette brute.

Où Brynat l'avait-il emmenée ? Certainement dans l'ancienne suite royale, ornée par ses ancêtres pour recevoir les Seigneurs Hastur s'ils honoraient jamais le château de Storn de leur présence. Ce mélange de triomphe et de blasphème devait plaire à Brynat. Le cœur battant, Melitta monta l'escalier en courant, soudain certaine de ce qu'elle allait trouver.

La suite royale n'avait que quatre cents ans ; la moquette semblait neuve sous les pieds. L'emblème des Hastur, incrusté au-dessus de la porte en émeraudes et saphirs, avait été détaché au ciseau et au maillet, ne laissant d'autre trace que la pierre éclatée.

Melitta surgit dans la pièce comme un tourbillon ; sa conviction intime — vieux reste de savoir à demi oublié, vestige de pouvoir télépathique transmis par un lointain ancêtre — la forçait à chercher sa sœur ici. Elle traversa les salles en courant, insoucieuse des ravages commis par les conquérants.

Elle trouva Allira dans la dernière salle, blottie sur une banquette au pied d'une haute fenêtre, la tête dans les bras, si abattue et tremblante qu'elle ne leva pas la tête à l'entrée de Melitta, mais se recroquevilla encore plus sur les coussins de soie déchirés. Melitta lui posa la main sur le bras, et elle sursauta en poussant un cri.

— Allons, Allira. Ce n'est que moi.

Allira, le visage bouffi de larmes, était presque méconnaissable. Se jetant dans les bras de sa sœur, elle éclata en sanglots.

Le cœur de Melitta se serra de pitié, mais elle prit fermement Allira par les mains, l'écarta d'elle et la secoua violemment jusqu'à ce que sa tête ballotte d'avant en arrière.

— Lira, au nom d'Aldones, arrête tes jérémiades ! Ça ne servira à rien, ni pour toi, ni pour moi, ni pour Edric ou Storn ou notre peuple ! Profitons de ce que je suis là pour réfléchir ! Sers-toi du peu de cervelle qui te reste !

Mais Allira ne sut que haleter :

— Il... il... euh... bru... Brynat...

Elle fixa sa sœur, les yeux vitreux, et Melitta, avec un spasme de terreur, se demanda si les violences subies l'avaient rendue idiote ou pire. Dans ce cas, elle serait désespérément seule, et pouvait aussi bien renoncer tout de suite.

Elle se dégagea, se mit à chercher et trouva dans un buffet une demi-bouteille de *firi*. Elle aurait préféré de l'eau, ou même du vin, mais dans cette épreuve, n'importe quoi ferait l'affaire. Elle en versa la moitié sur le visage d'Allira qui, les yeux piqués par la liqueur de feu, haleta et battit des paupières. Melitta lui saisit le menton, inclina la bouteille et lui fit ingurgiter de force une demi-tasse de la liqueur forte. Allira s'étrangla, avala, toussa, recracha, puis, l'hystérie faisant place à la colère, repoussa le bras de Melitta et la bouteille.

— As-tu perdu l'esprit, Meli ?

— C'est justement ce que j'allais te demander, mais tu n'étais pas en état de répondre, répondit Melitta avec vigueur.

Puis, plus tendre, elle poursuivit :

— Je ne voulais pas te blesser ou t'effrayer, ma chérie ; tu en as eu plus que ton compte, je le sais. Mais il fallait absolument que tu m'écoutes.

— Je vais bien — aussi bien que je pourrai jamais aller maintenant, corrigea-t-elle avec amertume.

— Ce n'est pas à moi qu'il faut le dire, dit vivement Melitta, effrayée de ce qu'elle lisait dans l'esprit de sa sœur, car elles étaient totalement ouvertes l'une à l'autre. Mais... il s'est moqué de moi et t'a appelée sa femme...

— Il y a même eu une mascarade avec un prêtre en robe rouge, et il m'a fait asseoir sur un trône à son côté, confirma Allira, avec son poignard si près de mes côtes que je n'osais même pas parler...

— Mais il ne t'a pas touchée, à part ça ?

— Je n'ai subi ni le fouet ni le poignard, si c'est ce que tu veux dire, dit Allira en baissant les yeux.

Devant le silence accusateur de sa jeune sœur, elle éclata :

— Qu'est-ce que j'aurais pu faire ? Je croyais Edric mort — toi, Zandru seul savait où tu étais — il aurait pu me tuer, dit-elle, sanglotant de plus belle. Tu aurais fait la même chose !

— Tu n'avais donc pas de dague ? ragea Melitta.

— Il... il me l'avait enlevée, balbutia Allira.

Je me serais poignardée avant qu'il ait pu faire de moi sa marionnette sur son trône, pensa Melitta. Mais elle se garda de dire tout haut sa pensée. Allira avait toujours été une fille fragile et douce, effrayée par le cri d'un faucon, trop timide pour chevaucher aucun cheval à part la plus douce des haquenées, si casanière et réservée qu'elle ne recherchait ni mari ni amant. Melitta réprima sa colère et reprit d'une voix douce :

— Personne ne te blâme, ma chérie ; nos gens s'en garderaient, et cela ne regarde que toi. Tous les forgerons de Zandru ne peuvent raccommoder un œuf cassé ou la virginité d'une fille, alors, réfléchissons plutôt à ce que nous allons faire.

— Ils t'ont fait du mal, Meli ?

— Si tu penses au viol, non ; ce balafré, la honte de son sexe, n'avait pas de temps à perdre avec moi, et je suppose qu'il m'a trouvée d'un trop grand prix pour me donner à un de ses hommes — mais il le fera sans doute le moment venu, si nous ne trouvons pas le moyen de l'arrêter.

Révulsée d'horreur, elle repensa à la bande de renégats, de bandits, de bêtes humaines sorties des profondeurs des Hellers. Elle saisit la pensée d'Allira, à savoir que même la protection brutale du chef était préférable à la bestialité de ses hommes. Non, elle ne pouvait pas blâmer Lira — dans la même situation, qu'aurait-elle fait ? Tout le porridge qu'on prépare n'est pas mangé, et toutes les belles paroles ne sont pas mises en acte. Quand même, un haut-le-corps qu'elle n'arriva pas à maîtriser tout à fait l'écarta de sa sœur, et elle dit avec calme :

— Je crois qu'Edric est dans le donjon ; Brynat m'a interdit d'y aller. Mais je crois que s'il était mort, je le sentirais. Tu es meilleure télépathe que moi ; quand tu te seras un peu ressaisie, essaye de le contacter mentalement.

— Et Storn ! s'écria Allira, de nouveau hystérique. Qu'est-ce qu'il a fait pour nous protéger — gisant sur son lit comme une bûche, bien à l'abri, gardé par sa propre magie, et nous abandonnant à la merci de ces bandits !

— Qu'est-ce qu'il pouvait faire d'autre ? demanda Melitta avec sang-froid. Il n'a pas la force de tenir une épée, ni les yeux pour s'en servir. Au moins, il s'est assuré que personne ne ferait de lui une marionnette — comme toi.

Son regard flamboyant de colère transperça sa sœur et elle demanda :

— Tu n'es pas encore enceinte, au moins ?

— Je ne sais pas — c'est possible.

— Que le diable t'emporte, ragea Melitta. Tu ne comprends donc pas ce qu'il veut ? S'il ne cherchait qu'une fille consentante, il avait une douzaine de servantes à sa disposition. Ecoute, j'ai un plan, mais il faut que tu te serves de l'intelligence que t'ont donnée les dieux, au moins pendant quelques jours. Lave ton visage, habille-toi décemment, essaye d'avoir l'air de la Dame de Storn, non pas d'une traînée échappée à ses chenils ! Brynat croit qu'il t'a domptée et épousée, mais c'est un ruffian, et tu es une dame ; le sang des Sept Domaines coule dans tes veines ; tu peux le berner si tu veux ! Gagne du temps, Allira ! Feins d'avoir des vapeurs, pleure tes morts, fais-le patienter par des promesses — au pire, dis-lui que le jour où tu seras sûre de porter un enfant, tu te jetteras du haut des remparts — *et arrange-toi pour qu'il te croie !* Il n'osera pas te tuer, Allira ; il a besoin de toi, parée d'atours et de bijoux, pour t'asseoir à côté de lui sur le trône, au moins jusqu'au jour où il sera sûr qu'aucun ennemi n'essaiera de le renverser. Fais-le patienter quelques jours, pas plus, et alors...

— Peux-tu réveiller Storn pour qu'il nous aide ? haleta Allira.

— Par tous les dieux, quelle idiote ! Storn en transe est la seule protection que nous avons, Lira, et cela nous donne un peu de temps pour agir. Storn éveillé et livré à lui, ce suppôt du diable poignarderait Edric, me jetterait à ses soldats pour qu'ils s'amusent quelques heures avant de me tuer, et qui sait même s'il voudrait encore un enfant de toi ? Non, Lira, prie pour que Storn reste en transe jusqu'à ce que j'aie trouvé une idée ! Joue ton rôle, avec courage, et je jouerai le mien.

Tout au fond d'elle-même, un plan désespéré commençait à prendre forme. Elle n'osait pas en parler à Allira. On pouvait les entendre, ou, si elle s'exprimait en paroles, il y aurait peut-être, parmi les hommes de Brynat, un télépathe rudimentaire qui penserait s'attirer la faveur de son maître en lui révélant le complot. Mais l'espoir commençait à germer en elle.

— Allons, Allira, habille-toi comme il sied à la Dame de Storn, pour impressionner ce ruffian et le forcer au respect, dit-elle évasivement, se préparant à affronter Brynat.

3

BARRON était entré au service de l'Empire Terrien avant ses vingt ans, et il avait servi sur trois planètes avant de venir sur Ténébreuse. Mais en réalité il n'avait jamais quitté Terra. Il le découvrit cet après-midi-là, en quittant son univers natal pour la première fois.

A la grille de la Zone terrienne, un jeune préposé le toisa de la tête aux pieds après avoir examiné son ordre de mission stipulant que Barron, Classe Deux, était détaché au-delà de la Zone en qualité d'officier de liaison. Il remarqua :

— Alors, c'est vous qu'on envoie dans les montagnes ? Vous feriez bien de vous débarrasser de ces fringues et de vous habiller en fonction du climat. Ces fanfreluches, ça va dans la Zone, mais dans les montagnes, vous allez geler — ou vous faire lyncher. On ne vous l'a pas dit ?

On ne lui avait rien dit. Barron en fut perplexe ; devait-il se mettre en costume indigène ? Il était officier de liaison, pas agent secret. Mais le préposé était le premier depuis l'accident à le traiter en être humain, et il lui en fut reconnaissant.

— Je croyais que j'allais là-bas en qualité de représentant officiel. Alors, pas de sauf-conduit ?

Le préposé haussa les épaules.

— Pour le donner à qui ? Au bout de cinq ans, vous

devriez connaître la planète. Les Terriens, et tous les gens liés à l'Empire, ne sont pas très populaires en dehors de la Cité du Commerce. Vous n'avez donc pas pris la peine de lire les Directives Officielles Numéro Deux ?

— Pas les petites lettres.

Il savait que sous peine de déportation immédiate, aucun ressortissant de l'Empire ne devait pénétrer sans permis dans aucune partie de la planète en dehors des zones de commerce reconnues. Barron n'en avait jamais eu envie, de sorte qu'il ne s'était jamais demandé pourquoi. Une planète étrangère, c'était une planète étrangère — il y en avait des milliers — et son travail avait toujours été à l'intérieur de la Zone.

Mais tout cela venait de changer.

Le préposé était d'humeur causante.

— Presque tous les Terriens du Service d'Exploration et Cartographie, et tous les officiers de liaison portent des vêtements indigènes. Ils sont plus chauds et n'attirent pas l'attention. On ne vous l'a pas dit ?

Barron secoua la tête, sans révéler que, depuis quelques jours, personne ne lui disait plus rien. Pourtant il s'entêta. Il faisait un travail pour l'Empire — on l'avait officiellement désigné — et les indigènes n'allaient pas lui dire comment il devait s'habiller et agir. Si ses vêtements ne leur plaisaient pas, ils pourraient commencer à apprendre la tolérance pour les coutumes étrangères — la première chose exigée de quiconque acceptait de travailler pour l'Empire Terrien. Il était content de sa tunique et de sa culotte synthétiques et chaudes, de ses sandales souples, de son manteau court qui coupait bien le vent. Beaucoup d'indigènes les avaient adoptés à la Cité du Commerce ; c'étaient des vêtements confortables et indestructibles. Pourquoi en changer ?

Il dit avec raideur :

— Ce n'est pas comme si j'étais en uniforme du

Service Spatial. Je comprends que ce serait de mauvais goût. Mais ça ?

Le préposé haussa les épaules, énigmatique.

— C'est vos funérailles, pas les miennes, dit-il. Tiens, voilà votre monture qui arrive.

Barron regarda la rue grossièrement pavée, mais ne vit aucun véhicule. Il y avait la foule habituelle de promeneurs, de femmes en gros châles vaquant à leurs affaires, et trois hommes menant des chevaux par la bride. Il allait dire : « Où ? », mais il vit que les trois hommes, qui se dirigeaient droit sur la grille, avaient *quatre* chevaux.

Il déglutit avec effort. Il savait que la technologie de Ténébreuse était rudimentaire, et qu'on y utilisait peu de véhicules. Ils se servaient pour les marchandises de différents animaux de trait ou de bât, apparentés au bison et au grand cerf, et, pour la monte, il y avait des chevaux — descendant sans doute d'une race importée de Nova Terra une centaine d'années plus tôt. C'était logique. Le relief de Ténébreuse ne se prêtait guère à la construction de routes à grande échelle, cela n'intéressait pas les habitants, et il n'y avait pas de mines et d'usines de grande envergure qui auraient nécessité des transports de surface. Barron, bien en sécurité à l'intérieur de la Zone, l'avait remarqué, et s'était dit : « Et alors ? » La façon de vivre des indigènes, ce n'était pas son affaire ; il n'avait rien à voir avec ça. Son univers, c'était la salle de contrôle de l'Astroport : vaisseaux spatiaux, cargaisons, passagers en transit — Ténébreuse était une plaque tournante essentielle dans les longs voyages spatiaux, car elle était commodément située entre le Bras Supérieur et le Bras Inférieur de la Galaxie, — vaisseaux cartographiques et tracteurs et machines de surface nécessaires à l'entretien. Il n'était pas préparé à l'idée de passer de l'astronef au cheval.

Les trois hommes s'arrêtèrent et lâchèrent les rênes des chevaux, qui, bien dressés, ne bougèrent pas. Le premier, solide garçon d'une vingtaine d'années, dit :

— Es-tu le représentant terrien Daniel Firth Barron ?

Il eut du mal à prononcer le nom.

— *Z'par servu.*

Cette expression, signifiant *à ton service,* amena un bref sourire sur les lèvres du jeune homme, qui répondit d'une formule que Barron ne comprit pas, avant de revenir à l'idiome de la Cité du Commerce.

— Je m'appelle Colryn. Lui, c'est Lerrys, et lui, Gwynn. Tu es prêt ? Tu peux partir tout de suite ? Où sont tes bagages ?

— Je suis prêt à vous suivre.

Montrant le sac qui contenait ses affaires personnelles, et la caisse, grande mais légère, contenant le matériel dont il aurait besoin, il ajouta :

— Vous pouvez bousculer mon sac tant que vous voudrez ; il ne contient que mes vêtements. Mais prenez garde à ne pas laisser tomber la caisse ; elle contient du matériel fragile.

— Gwynn, occupe-toi de ça, dit Colryn. Des animaux de bât nous attendent à la sortie de la ville, mais nous pouvons porter ça jusque-là. Pas facile de faire passer des bêtes de bât dans ces rues étroites.

Barron réalisa qu'ils attendaient qu'il monte. Il voulut se persuader que cette mission était sa dernière chance avant la ruine définitive, mais ça ne semblait pas très important pour le moment. Pour la première fois depuis qu'il était adulte, il avait envie de s'enfuir en courant. Serrant les dents, il dit avec raideur :

— J'aime mieux vous prévenir que je ne suis jamais monté sur un cheval de ma vie.

— Désolé, dit Colryn, avec une politesse presque excessive. Il n'y a aucun autre moyen de nous rendre où nous allons.

Le dénommé Lerrys jeta le sac de Barron en travers de sa selle et dit :

— Alors, je me charge de ça. Tu auras assez à faire à tenir les rênes.

Il parlait un terrien presque sans accent, nettement meilleur que celui de Colryn.

— Tu apprendras rapidement ; comme moi. Colryn, montre-lui donc comment on monte. Et chevauche à côté de lui jusqu'à ce qu'il soit moins nerveux.

Nerveux !

Barron eut envie de rétorquer à ce jeune blanc-bec qu'il affrontait déjà des mondes lointains quand celui-ci n'était encore qu'un bambin, puis il se détendit.

Je suis nerveux, c'est vrai ; il devrait être aveugle pour ne pas s'en apercevoir.

Avant qu'il ait eu le temps de réaliser, il se retrouvait en selle, les pieds dans des étriers ornementaux, et il avançait lentement dans la rue, s'éloignant de la Zone terrienne, trop confus et trop occupé à tenir ses rênes pour jeter un seul regard en arrière.

Jusque-là, il n'avait jamais fréquenté les indigènes. Dans les restaurants et les boutiques de la Cité du Commerce, c'étaient simplement des visages hâlés et impassibles qui le servaient, ou des étrangers qu'il pouvait ignorer. Maintenant, il allait vivre parmi eux pour une période indéfinie, sans formation, sans la moindre préparation.

Ce n'est jamais arrivé dans l'Empire terrien ! Bon sang, on ne doit jamais travailler en dehors de sa spécialité ; et si par hasard cela arrive, on est censé se soumettre à toutes sortes de briefings et de cours !

Et voilà qu'il lui fallait se concentrer intensément pour tenir juste sur son cheval.

Il mit près d'une heure avant de commencer à se détendre, sentant que la chute était moins imminente et prenant le temps de regarder ses compagnons.

Tous les trois étaient plus jeunes que lui, autant qu'il en pouvait juger. Colryn était grand, mince et élégant, avec un visage fin et étroit, et une courte barbe bouclée. Il avait la voix douce, une assurance étonnante pour un si jeune homme, et il parlait et riait avec animation tout en chevauchant. Lerrys était trapu, avec des cheveux presque assez roux pour un Terrien, et n'avait sans doute pas encore vingt ans. Gwynn, le troisième, grand et basané, était le plus âgé des trois ; à part un petit signe de tête et une courte salutation, il n'avait pas prêté attention à Barron et semblait se tenir à l'écart des deux autres.

Tous trois portaient de larges culottes épaisses retombant en plis souples sur de hautes bottes soigneusement ajustées, des tuniques lacées multicolores. Gwynn et Colryn avaient d'épaisses capes d'équitation doublées de fourrure, et Lerrys une courte veste de fourrure à capuchon. Tous trois avaient des gants à courtes manchettes, un coutelas à la ceinture et des couteaux plus petits dans la tige de leurs bottes. Gwynn avait aussi une épée, posée en travers de sa selle pour la chevauchée. Ils portaient tous les cheveux coupés sous les oreilles, et divers bijoux et amulettes. Ils avaient l'air farouche, intelligent et barbare. Avec ses vêtements, ses cheveux et ses manières totalement civilisés, Barron se sentit gêné et un peu effrayé.

Bon sang, je ne suis pas prêt pour ça !

Ils enfilèrent d'abord les étroites rues pavées entre les maisons et les marchés de la Vieille Ville ; puis ils abordèrent des routes de pierre plus larges, bordées de maisons construites en retrait dans les jardins, où le pas des chevaux devint plus régulier. Enfin la route dallée se termina, et ils débouchèrent sur une aire herbeuse et piétinée. Les cavaliers entrèrent dans un vaste enclos, passèrent plusieurs barrières de bois et de pierre, et arrivèrent dans une sorte de champ de terre rougeâtre et piétinée où des douzaines d'individus en costumes étranges vaquaient à leurs besognes : ils chargeaient et déchargeaient les bêtes, les sellaient et les étrillaient, faisaient la cuisine sur des feux de bois ou des braseros, se lavaient dans une auge en bois, portaient des seaux d'eau et de nourriture aux animaux. Il régnait la plus grande confusion, il faisait très froid, et Barron fut bien content d'arriver enfin à l'abri d'un mur où on lui permit de démonter. Sur un signe de Colryn, il confia son cheval à un homme en vêtements grossiers qui s'approcha pour l'emmener.

Encadré par Gwynn et Lerrys — Colryn était resté en arrière pour s'occuper des montures, — il alla s'abriter du vent sous un appentis en pierre.

— Tu n'as pas l'habitude de monter, dit Lerrys. Pourquoi ne pas te reposer en attendant le repas ? Et tu n'es pas en tenue d'équitation. Je peux t'apporter ton sac ; il vaudrait mieux te changer tout de suite.

Barron vit bien que le jeune homme voulait se montrer amical, mais ne put s'empêcher d'être irrité que lui aussi insistât sur ce point.

— Désolé, mais mes autres vêtements sont exactement semblables à ceux-ci.

— Dans ce cas, tu ferais bien de me suivre, dit Lerrys.

Ressortant de l'abri, il lui fit retraverser le vaste enclos. Les têtes se tournaient sur leur passage ; quelqu'un cria quelque chose, et les gens se mirent à rire. Il entendit murmurer le mot *Terranan*, qui se passait de traduction. Lerrys se retourna et dit avec fermeté : « *Chaireth.* » Cela provoqua un silence momentané, puis des murmures excités. Tous s'écartèrent avec déférence devant le jeune rouquin. Enfin, ils débouchèrent sur un marché ou un comptoir — plein de jarres d'argile, de verrerie grossière et d'une multitude de vêtements jetés dans des paniers ou des tonneaux. Lerrys dit fermement :

— Tu ne peux absolument pas aller dans les montagnes dans cette tenue. Je ne voudrais pas t'offenser, mais c'est impossible.

— On ne m'a pas donné d'ordres...

— Ecoute, mon ami... (Lerrys se servit du mot indigène de *com'ii*)... tu n'as pas idée du froid qu'il fait à voyager en terrain découvert, surtout dans les montagnes. Tes vêtements sont chauds, poursuivit-il, palpant le léger tissu synthétique, mais seulement entre les murs d'une ville. Les Hellers sont le squelette de la planète. Tu auras mal aux pieds à chevaucher dans ces sandales, sans parler...

Barron, extrêmement embarrassé, déclara carrément :

— Je n'ai pas les moyens de m'en offrir d'autres.

Lerrys prit une profonde inspiration.

— Mon père adoptif m'a ordonné de vous fournir tout ce qui pourrait être nécessaire à votre bien-être, monsieur Barron.

Barron fut surpris, car on se servait peu de titres ou de mots honorifiques sur Ténébreuse — mais Lerrys parlait très bien le terrien. Il se demanda si le jeune homme était un interprète professionnel.

— Qui est ton père adoptif ?

— Valdir Alton, du Conseil Comyn, dit Lerrys, laconique.

Même Barron avait entendu parler des Comyn — cette caste héréditaire qui gouvernait Ténébreuse — et il n'insista plus. Si les Comyn étaient mêlés à cette affaire et voulaient qu'il porte des vêtements indigènes, il n'y avait pas à discuter.

Il y eut un marchandage bref mais animé, auquel Barron — qui savait assez bien la langue locale, par don des langues plus que par goût — ne comprit presque rien, puis Lerrys dit :

— J'espère que cela te conviendra. Je pense que tu n'aimes pas les couleurs vives ; moi non plus.

Il tendit à Barron une brassée de vêtements de couleur sombre, en tissu semblable au lin, avec une grosse veste de fourrure presque identique à la sienne.

— Il est difficile de monter avec une cape, à moins d'y être habitué dès l'enfance.

Il y avait aussi une paire de hautes bottes.

— Essaye les bottes pour voir si elles te vont, suggéra-t-il.

Barron se baissa et ôta ses sandales. Le vendeur

gloussa et dit quelque chose que Barron ne comprit pas bien sur ses sandales, et Lerrys répliqua vertement :
— Le *chaireth* est l'invité du Seigneur Alton !

Le marchand, suffoqué, marmonna des excuses et se tut. Les bottes lui allaient comme si on les lui avait faites sur mesure, et, tout en trouvant bizarre d'avoir les chevilles et les mollets couverts, il dut reconnaître qu'elles étaient confortables. Lerrys ramassa les sandales et les fourra dans la poche de Barron.

— Tu pourras les porter à l'intérieur, je suppose.

Barron allait répondre, mais avant que les mots passent ses lèvres, un étrange vertige s'empara de lui.

Il était dans une grande salle voûtée, éclairée par des torches tremblotantes. Au-dessous de lui, il entendait des braillements d'ivrognes ; il sentait des odeurs de résine, de viandes rôties, et un relent âcre et bizarre qui le désorientait et lui donnait la nausée. Il tendit la main vers un anneau du mur, s'aperçut qu'il n'y en avait pas, qu'il n'y avait pas de mur. Il était de retour dans le vent de l'enclos, sa brassée de vêtements tombée dans l'herbe à ses pieds, et le jeune Lerrys le regardait fixement, déconcerté et perplexe.

— Ça va, Barron ? Tu as l'air... un peu bizarre.

Barron hocha la tête, heureux de pouvoir dissimuler son visage en se baissant pour ramasser ses affaires. Il fut soulagé quand Lerrys le laissa dans l'abri et qu'il put s'asseoir par terre, appuyé contre le mur, frissonnant.

Ça recommençait ! Est-ce qu'il devenait fou ? Si son travail le stressait, cela aurait dû cesser maintenant qu'il n'occupait plus son poste à la salle de contrôle. Pourtant, cette vision, dans sa brièveté, avait été encore plus réelle que les autres. Frissonnant, il ferma les yeux et essaya de ne plus penser jusqu'au moment où Colryn vint l'appeler à l'entrée de l'abri.

Deux ou trois hommes, en vêtements sombres et grossiers, s'affairaient autour du feu ; Colryn ne les présenta pas. Barron, répondant à leurs signes, rejoignit Gwynn et Lerrys près de l'auge en bois où les hommes se lavaient. La nuit tombait, le vent glacial du soir se levait, mais tous se nettoyèrent longuement et soigneusement. Barron, secoué de tremblements incontrôlables, pensa avec nostalgie à sa nouvelle veste de fourrure, mais, son tour venu, il se lava les mains et le visage plus longuement que d'habitude ; il ne voulait pas leur donner l'impression que les Terriens étaient des gens sales — d'ailleurs, il était plus salissant de monter à cheval que d'enfoncer des boutons et de surveiller des relais électroniques. L'eau était glacée, et il tremblait de froid, le visage mordu par les rafales incessantes.

Ils s'assirent autour du feu à l'abri du vent, et, après avoir murmuré une brève formule, Gwynn passa les assiettes à la ronde. Barron prit la sienne, qui contenait un gros morceau de viande et des céréales bouillies arrosées d'une sauce acide, plus un petit bol d'un breuvage doux-amer au vague goût de chocolat. Tout était bon, mais il eut du mal avec la viande dure que les autres découpaient en lamelles fines comme du papier avec leurs coutelas ; salée et séchée, elle avait presque la consistance du cuir. Barron sortit son paquet de cigarettes et en alluma une, aspirant profondément la fumée ; c'était divin.

Gwynn le regarda en fronçant les sourcils, et dit à Colryn à voix basse :

— D'abord les sandales, et maintenant, ça...

Puis, dévisageant grossièrement Barron, il lui posa une question où celui-ci ne reconnut que le mot *embredin*. Lerrys leva les yeux de son assiette, vit la cigarette, secoua légèrement la tête, puis prononça de nouveau le mot « *chaireth* » à l'adresse de Gwynn, d'un ton plutôt réprobateur, et enfin se leva et vint s'asseoir près de Barron.

— A ta place, je ne fumerais pas ici, dit-il. Je sais que c'est votre coutume, mais cela est offensant pour les gens des Domaines.

— Qu'est-ce qu'il a dit ?

Lerrys rougit.

— Il demandait, pour formuler cela le plus simplement possible, si tu étais, euh... efféminé. C'est dû en partie à tes maudites sandales, et en partie... enfin, comme je te l'ai dit, ici, les hommes ne fument pas. C'est réservé aux femmes.

Irrité, Barron éteignit sa cigarette. Ça allait être encore pire qu'il ne le craignait.

— Que veut dire ce mot que tu as utilisé plusieurs fois — *chaireth ?*

— Etranger, dit Lerrys.

Barron planta sa fourchette dans sa viande et Lerrys dit d'un ton d'excuse :

— J'aurais dû te procurer un couteau.

— Ça ne fait rien, dit Barron. De toute façon, je ne saurais pas m'en servir.

— Quand même... commença Lerrys.

Mais Barron ne l'entendit pas. Devant lui, le feu grandit, s'embrasa, et, au milieu des flammes, grande, bleuâtre et incandescente, il vit...

Une femme.

Une femme, une fois de plus debout au milieu des flammes. Il poussa un cri, puis la silhouette changea, grandit, et redevint le grand Etre enchaîné, royal, brûlant, imprimant au fer rouge l'image de sa beauté dans son esprit et dans son cœur. Barron serra les poings à s'en faire saigner les paumes.

L'apparition avait disparu.

Lerrys le regardait, livide et bouleversé.

— Sharra, dit-il en un souffle. Sharra aux chaînes d'or...

Barron lui saisit le bras et dit d'une voix rauque, ignorant les hommes assis près du feu, qui était redevenu un petit feu de camp :

— Tu l'as vue ? Tu l'as vue, toi ?

Lerrys hocha la tête sans répondre, si pâle que ses taches de rousseur ressortaient. Il dit enfin, haletant :

— Oui, je l'ai vue. Ce que je ne comprends pas... c'est comment tu as pu la voir, toi ? Au nom du Diable, qui es-tu ?

Barron, presque trop secoué pour parler, répondit :

— Je ne sais pas. Mais ces images reviennent tout le temps. Je ne sais pas pourquoi. Et j'aimerais savoir pourquoi tu les vois aussi.

Cherchant à reprendre contenance, Lerrys dit :

— Ce que tu as vu... c'est un archétype de Ténébreuse, la forme d'une déesse. Je ne comprends pas. Je sais que beaucoup de Terriens ont quelques dons télépathiques. Quelqu'un doit émettre ces images, et tu as le pouvoir de les recevoir. Je...

Il hésita et reprit :

— Il faut que je parle à mon père adoptif avant de t'en dire plus.

Il se tut, puis, comme pris d'une résolution soudaine, demanda :

— Comment veux-tu qu'on t'appelle ?

— Dan, ça ira, dit Barron.

— Va pour Dan. Tu auras des problèmes dans les montagnes ; je pensais que tu serais un Terrien ordinaire, sans aucune connaissance de...

Il s'arrêta et se mordit les lèvres.

— J'ai prêté un serment, dit-il enfin, et je ne peux pas le violer, même dans un cas comme celui-ci. Mais tu auras des problèmes, et tu auras besoin d'un ami. Sais-tu pourquoi personne ne t'a prêté un couteau ?

Barron secoua la tête.

— Je ne me le suis même pas demandé. D'ailleurs, comme je te l'ai dit, je n'aurais pas su m'en servir.

— Tu es Terrien, dit Lerrys. Ici, de par la loi et de par la coutume, on ne doit jamais prêter ou donner un couteau ou une arme quelconque, sauf à un parent ou à un ami juré. Dire « mon couteau est à toi », est un serment. Quand tu le dis à quelqu'un, cela signifie que tu le défendras en toutes circonstances — c'est pourquoi un couteau ou toute autre arme doit être acheté, pris dans une bataille, ou fait sur commande. Pourtant, dit-il avec un bref éclat de rire, je vais t'en donner un — et j'ai mes raisons.

Se penchant, il tira un petit couteau très affûté du haut de sa botte.

— Il est à toi, dit-il, soudain très grave. Je suis sincère, Barron. Accepte-le de moi, et dis : « A toi et à moi. »

Barron, gêné, prit maladroitement le manche du petit couteau.

— A moi, donc, et à toi. Merci, Lerrys.

Emporté par la solennité du moment, il regarda le jeune homme dans les yeux, presque comme si des paroles passaient entre eux.

Les hommes assis autour du feu les fixaient, médusés, Gwynn fronçant les sourcils, l'air étonné et réprobateur, Colryn, perplexe et vaguement — Barron se demanda comment il le savait — ... eh bien ! vaguement jaloux.

Barron se remit à manger, à la fois perplexe et soulagé. C'était plus facile de manger avec le couteau ; plus tard, il s'aperçut qu'il tenait très bien dans la poche en haut de sa botte. Lerrys ne lui reparla pas, mais lui souriait de temps en temps, et Barron sut, sans savoir comment, que le jeune homme l'avait adopté pour ami. C'était une sensation bizarre. Justement il n'était pas homme à se faire facilement des amis — il n'avait jamais eu d'amis intimes — et voilà qu'un jeune homme d'un monde étranger, devinant son désarroi, lui proposait ce don qu'il ne savait comment recevoir. Il se demanda quel mystère se cachait derrière cette démarche et quel avenir se dessinait pour lui.

Haussant les épaules, il termina son repas et suivit les indications que Colryn lui donna par signes — rincer son bol et son assiette et les remettre avec les autres, aider à étaler les couvertures dans l'abri. Il faisait maintenant très sombre ; une pluie froide se mit à tomber sur l'enclos et il fut bien content d'être à l'intérieur. Il y avait, réalisa-t-il, une subtile différence dans la façon dont on le traitait maintenant ; il se demanda pourquoi, et, tout en se disant que ça n'avait pas d'importance, il en fut content.

En pleine nuit, enveloppé dans ses couvertures de fourrure et entouré d'hommes endormis, il se réveilla une fois, les yeux braqués sur le néant et sentit de nouveau son corps désincarné battu par les vents froids et tourbillonnants.

Lerrys, qui dormait à quelques pas de lui, remua et murmura quelque chose, et ce bruit ramena Barron à la réalité.

Ce voyage va être terrible si ça recommence plusieurs fois par jour !

Et il ne pouvait absolument rien y faire.

4

DANS ses rêves, une voix appela Melitta.

— Melitta ! Melitta, ma sœur, *breda,* réveille-toi ! Ecoute-moi !

Elle s'assit dans le noir, se raccrochant désespérément à la voix.

— Storn, murmura-t-elle, c'est toi ?

— Je ne peux te parler ainsi que quelques instants, *breda,* alors, écoute bien. Tu es la seule à pouvoir m'aider. Allira ne peut m'entendre, et d'ailleurs, elle est trop frêle et timide, elle mourrait dans la montagne. Edric est blessé et captif. Il n'y a que toi, ma toute petite. Oseras-tu m'aider ?

— Je ferai n'importe quoi, murmura-t-elle, le cœur battant, scrutant les ténèbres. Es-tu là ? Pouvons-nous nous évader ? Dois-je faire de la lumière ?

— Chut ! Je ne suis pas là ; je parle seulement à ton esprit. Voilà quatre jours que j'essaye de t'éveiller ; enfin tu m'entends. Ecoute, petite sœur — tu dois partir seule. Tu es peu surveillée ; tu peux semer tes gardes. Mais il faut partir immédiatement, avant que la neige ferme les cols. J'ai trouvé quelqu'un qui t'aidera. Je l'enverrai à ta rencontre à Carthon.

— Où...

— A Carthon, murmura la voix en un souffle.

Puis ce fut le silence.

— Storn, Storn, ne t'en va pas, chuchota Melitta.

Mais la voix, épuisée, s'était tue. Elle était seule dans le noir, la voix de son frère résonnant encore à ses oreilles.

Carthon — mais où était Carthon ? Melitta n'était jamais allée à plus de quelques milles du château ; elle n'avait jamais passé les montagnes, et ses idées sur la géographie étaient plutôt vagues. Carthon était peut-être juste derrière la première crête, et peut-être au bout du monde.

Des questions angoissantes l'assaillaient dans les ténèbres. *Où dois-je aller et comment ?* Mais seuls le silence et la nuit lui répondirent. Etait-ce un rêve, né de son désir farouche de s'évader, ou bien son frère, dans sa transe magique, était-il vraiment parvenu à contacter son esprit ? Dans ce cas, elle ne pouvait qu'obéir.

Melitta de Storn était une fille des montagnes, avec tout ce que cela impliquait. La composante centrale de son être, c'était son loyalisme de clan envers Storn, non comme son frère aîné, mais comme chef de la lignée. Qu'il fût aveugle et infirme, qu'il eût été incapable de les défendre, elle, sa sœur et leur jeune frère — sans parler de leurs vassaux — ne changeait rien. Même en pensée, elle ne lui adressait aucun reproche, et quand Allira avait critiqué Storn en présence de Melitta, celle-ci avait sincèrement cru que sa sœur était devenue folle à la suite des sévices infligés par Brynat. Maintenant, Storn lui avait ordonné de s'évader et d'aller chercher des secours, et il ne lui vint pas à l'idée de désobéir.

Elle se leva, jeta sur ses épaules une robe de chambre en fourrure — car la nuit était glaciale et les sols dallés n'avaient jamais connu de chauffage —, glissa ses pieds dans des chaussettes fourrées, puis, avançant dans le noir avec assurance, trouva des pierres à briquet et de l'amadou et alluma une petite lampe — si petite que sa lumière était à peine plus grosse qu'une tête d'épingle. Elle s'assit devant sa lampe, un peu réconfortée par la flamme minuscule, et se mit à réfléchir.

Elle savait déjà ce qu'elle devait faire — s'évader du château avant que la neige ne ferme les cols, et aller à Carthon, où son frère enverrait quelqu'un pour l'aider. Mais comment réaliser cela, c'est ce qu'elle avait du mal à imaginer.

Ses gardes la suivaient à distance respectueuse, mais sans relâche. Bien qu'il fût déjà tard, elle était sûre que si elle quittait sa chambre, ils se réveilleraient et la suivraient. Leur peur de Brynat était plus forte que leur désir de sommeil. Peur si grande, réalisa-t-elle, qu'aucun d'eux n'avait posé la main sur elle. Elle se demanda si elle devait lui en être reconnaissante, puis écarta vivement cette idée. La reconnaissance était un piège.

En bonne montagnarde, Melitta envisagea immédiatement avec réalisme la première solution logique : parviendrait-elle à séduire un garde pour qu'il la laisse s'échapper ? C'était improbable. Ils redoutaient Brynat, et il leur avait ordonné de ne pas la toucher. Sans doute le garde accepterait-il ses avances, profitant de ce qu'elle lui offrirait, puis irait tout raconter à Brynat pour s'attirer la faveur de son chef. Après quoi, Brynat pouvait très bien la punir en l'abandonnant à ses hors-la-loi. C'était une impasse — elle aurait pu se résoudre à en séduire un, mais cela ne lui aurait sans doute servi à rien.

Resserrant ses fourrures autour d'elle, elle alla à la fenêtre et se pencha. *Tu dois partir avant que la neige ne ferme les cols*. Elle était montagnarde, et elle avait la neige et la tempête dans le sang. Il lui sembla sentir au loin, apportée par le vent glacial de la nuit, l'odeur des nuages gros de neige.

La nuit n'était pas très avancée. Idriel et Liriel luisaient dans le ciel ; Mormalor, au faible éclat nacré, allait disparaître derrière la montagne. Si elle arrivait à quitter le château avant l'aube...

Elle ne pouvait pas partir immédiatement. Les hommes de Brynat continuaient leur beuverie dans le grand hall ; Allira pouvait encore l'envoyer chercher, et elle ne voulait pas prendre le risque qu'on découvre son absence. Mais au plus profond de la nuit, avant l'aube, quand l'air même serait endormi, il faudrait trouver un plan et partir, afin d'être loin quand, au milieu de la matinée, on découvrirait qu'elle n'était plus dans sa chambre. Elle referma la fenêtre, se blottit dans ses fourrures et se remit à réfléchir.

Une fois sortie du château, où irait-elle ? A Carthon, bien sûr. Mais elle n'y parviendrait pas en une nuit ; il lui faudrait trouver abri et nourriture, car ce voyage l'amènerait peut-être à l'autre bout du monde. Une fois hors du château, peut-être que des vassaux de son frère accepteraient de l'héberger ? Bien qu'il eût été impuissant à les protéger de l'attaque de Brynat, elle savait qu'ils aimaient Storn, et beaucoup d'entre eux la connaissaient aussi et l'aimaient. Ils lui permettraient au moins de se cacher parmi eux jusqu'à ce que le remue-ménage provoqué par son évasion se fût calmé. Peut-être même qu'ils lui donneraient des provisions pour le voyage, et que l'un d'eux lui indiquerait la route de Carthon.

Les grands seigneurs les plus proches étaient les Aldaran, du Château Aldaran, près du Haut Kimbi ; à sa connaissance, il n'y avait pas de vendetta entre les deux familles, et les Aldaran n'avaient aucun engagement envers Brynat, mais il semblait improbable qu'ils veuillent ou puissent venir à l'aide de Storn. Sa grand-mère était issue de la famille Leynier, apparentée au grand Domaine Comyn d'Alton, mais même l'autorité des Comyn ne faisait pas loi dans les montagnes.

Il ne vint pas à l'esprit de Melitta de critiquer son frère, mais elle pensa quand même, que, se sachant faible et infirme, il aurait pu essayer de se placer sous la protection d'un des puissants seigneurs des montagnes. Il est vrai que jusqu'alors, les crevasses et les précipices entourant le château en avaient fait une forteresse imprenable et... un Storn jurer allégeance à une autre maison ? Jamais !

Il aurait pu marier Allira — ou moi — au fils d'une grande maison. Alors, nous aurions eu des parents pour nous défendre. Nu est le dos sans frère !

Bon, il ne l'avait pas fait, et ça ne servait à rien de se lamenter — *impossible de remettre un poussin dans sa coquille !* L'oiseau de malheur né de cette négligence avait pris son vol, et seule Melitta avait la liberté et la force de sauver quelque chose du naufrage.

Emportant sa lampe, elle s'approcha de ses coffres. Elle ne pouvait pas partir en jupe et manteau longs. Tout au fond, elle trouva une vieille cape d'équitation en gros tissu de la vallée, doublée de fourrure ; pas assez riche pour éveiller la cupidité, mais chaude et solide. Il y avait aussi une vieille culotte de cheval de son frère, renforcée de cuir, qu'elle portait pour chevaucher sur le domaine, bien préférable à une jupe ample. Elle ajouta une blouse tricotée, une longue et épaisse tunique doublée, des chaussettes en fourrure filée et tricotée, et ses bottes de fourrure. Elle se fit un petit balluchon avec quelques vêtements de rechange et quelques babioles qu'elle pourrait peut-être vendre ou troquer en chemin. Enfin elle tressa ses cheveux et les couvrit d'un bonnet de laine. Cela fait, elle éteignit sa lampe et retourna sur le balcon. Jusque-là, ses préparatifs l'avaient distraite de la question essentielle : *comment* allait-elle sortir du château ?

Il existait des passages secrets. Elle en connaissait quelques-uns. Par exemple, celui qui partait du cellier près du vieux donjon. Mais il fallait d'abord un prétexte pour entrer dans le cellier. Enfantin. Et que feraient ses gardes pendant qu'elle descendrait l'escalier menant aux caves, les laissant commodément dehors ? Ils boiraient ? Parfait, si elle les amenait à s'enivrer suffisamment, mais ils se méfieraient sans doute de tout ce qu'elle leur offrirait.

Autre sortie possible — secrète en ce sens qu'elle n'était plus utilisée depuis longtemps et qu'on ne se souciait plus de la garder : le passage descendant jusqu'aux pieds des falaises et aboutissant aux forges abandonnées où, en des temps très anciens, les petits montagnards rabougris adoraient les feux qui éclairaient leurs forges. C'est là qu'ils fabriquaient les épées et les étranges artefacts que croyaient magiques ceux qui ne connaissaient pas leur usage. Les feux et les forges étaient éteints et silencieux depuis des siècles, les forgerons s'étant retirés au plus profond des montagnes ; les Storn étaient arrivés bien longtemps après leur départ. Enfant, Melitta avait exploré les grottes et les maisons abandonnées des forgerons avec ses frères et sa sœur. Mais eux et leur magie avaient disparu. Leurs rares et pauvres descendants vivaient dans des villages voisins de Storn, mais ils avaient été capturés comme les paysans, et étaient aussi impuissants que Melitta.

De nouveau, elle regarda par-dessus le balcon, la bouche incurvée en ce qui, en des temps plus heureux, aurait pu être un sourire. *Il me faudrait des ailes,* pensa-t-elle. *Mes gardes ont trop peur de Brynat pour me molester ici ; tant que je demeure dans cette chambre, ils resteront dehors dans le couloir et lui jureront que je suis toujours là. J'aurais dû mieux prévoir ; j'aurais dû passer mon enfance dans une chambre pourvue d'un passage secret. J'imagine une douzaine de façons de sortir du château — mais il faut d'abord sortir de cette chambre, et je ne vois pas comment.*

Une lueur tremblotante, à un étage inférieur et un peu sur sa gauche, lui apprit qu'Allira évoluait dans la Suite Royale. Elle pensa avec désespoir : *Storn aurait dû réveiller Allira. De la Suite Royale part un passage secret menant au village des forgerons. Elle n'avait qu'à attendre que Brynat s'endorme puis s'éclipser...*

Elle échafauda des plans insensés dans sa tête. Elle avait la permission de voir sa sœur ; ses gardes la suivraient jusqu'à la porte, mais pas à l'intérieur ; elle pourrait donc avoir accès au passage. A quelle heure pouvait-on raisonnablement cesser de redouter une intrusion de Brynat ? Pouvait-elle compter sur Allira pour l'abuser, le droguer, ou même simplement le charmer pendant que Melitta s'échapperait ?

Je n'ose pas m'appuyer sur Allira, pensa-t-elle.

Elle ne me trahirait pas, mais elle n'aurait pas le courage de m'aider, ou de risquer la colère de Brynat.

Si je descendais à son appartement, suivie de mes gardes — combien de temps me laisseraient-ils seule avec elle avant de prévenir Brynat, ou de se douter que je ne reviendrais pas ? Et si je disparaissais après être entrée chez elle — ils la tortureraient pour savoir où je suis allée, et je serais poursuivie avant le lever du soleil. Ce n'est pas une solution.

Mais l'idée persista. C'était peut-être sa seule chance. Bien sûr, c'était tout risquer sur un coup de dés ; si Brynat venait pendant qu'elle était avec Allira, quelque chose pouvait éveiller ses soupçons, et elle serait de nouveau consignée dans sa chambre. Et ses gardes avaient certainement l'ordre de prévenir Brynat si elle et sa sœur restaient ensemble plus de quelques minutes.

Mais si personne ne savait que je suis avec Allira ?

Et comment entrer chez Allira sans être vue ?

Autrefois, les anciens de Ténébreuse étaient passés maîtres en magie. Le réseau électrique magique qui protégeait la transe de Storn ne constituait qu'un pouvoir parmi bien d'autres — Melitta connaissait leur existence, mais ils ne lui servaient à rien dans l'immédiat. Il y avait les manteaux magiques qui jetaient un voile d'illusion sur la personne et la rendaient invisible en incurvant les rayons lumineux. Mais si Storn avait jamais possédé un manteau semblable, Melitta ne savait ni où il était ni comment s'en servir. Elle pouvait aller en haut de la Tour du Soleil Levant, si on la laissait faire, revêtir le costume de plume et s'envoler du château — mais seulement en pensée. Ce qu'elle verrait serait réel — elle savait que Storn avait suivi la bataille de cette façon — mais son corps resterait en transe dans la Tour, et, tôt ou tard, elle devrait le réintégrer. Ce genre d'évasion ne servait à rien. *Il me faudrait des ailes,* pensa-t-elle une nouvelle fois. *Si je pouvais m'envoler de ce balcon et descendre à la Suite Royale où Brynat a enfermé Allira...*

Elle interrompit sa méditation, frappée d'une idée subite. Elle n'avait pas d'ailes. Inutile d'y penser. Mais elle avait deux bras solides, deux jambes solides, dix doigts puissants, et elle faisait de l'escalade depuis l'enfance.

Elle s'avança au bord du balcon, fantaisies et projets faisant place à une évaluation réaliste de la situation. Elle ne pouvait pas voler jusqu'à la Suite Royale. Mais avec de la force, de la prudence et un peu de chance, elle pouvait peut-être y descendre par le mur.

Elle se pencha, soudain prise de vertige. La paroi d'une trentaine de mètres aboutissait à un gouffre. Mais le mur n'était pas lisse. Des siècles plus tôt, on l'avait construit en blocs de pierre grossiers — car une taille soignée aurait émoussé les outils — et cimentés par places. Une foule de fenêtres, balcons, gargouilles et escaliers extérieurs bosselaient les flancs du vieux mur gris.

Quand j'étais petite, pensa-t-elle, *nous grimpions partout, Storn et moi. Un jour, on m'avait fouettée parce que j'avais fait une peur affreuse à ma nourrice en escaladant le mur jusqu'au deuxième étage, d'où je lui faisais des grimaces. J'avais enseigné à Edric à grimper jusqu'aux balcons inférieurs. Je n'ai jamais grimpé si haut — j'avais peur de tomber. Mais cette partie du château ne devrait pas présenter plus de difficultés que la partie inférieure.*

Elle savait qu'en cas de chute, elle irait s'écraser au fond du précipice. *Mais pourquoi tomberais-je de soixante mètres de haut alors que je ne suis jamais tombée de cinq mètres ?*

Tu n'y as jamais pensé parce qu'une chute de cinq mètres *était sans importance,* lui souffla la voix du bon sens, mais elle la fit taire, et écarta fermement l'idée de son esprit. *Et même si tu te tues,* se dit-elle avec défi. *Edric n'a pas hésité à risquer sa vie pendant le siège, et même s'il a hésité, il l'a risquée quand même. Moi-même, j'ai défendu le château avec un arc et des flèches, et j'aurais pu être tuée sur les remparts. Puisque j'avais accepté de mourir en défendant le château de Storn, pourquoi devrais-je hésiter à prendre maintenant le même risque ? Si je suis tuée, tant pis ; au moins, je n'aurai plus à craindre que les parias de Brynat me violent l'un après l'autre.*

Piètre réconfort, mais il fallait s'en contenter pour le moment. Elle n'hésita qu'un instant, les mains sur la balustrade. Elle ôta ses gants doublés de fourrure et les fourra dans la poche de la culotte d'Edric. Elle rabattit sa cape dans son dos et l'attacha autour de sa taille, espérant qu'elle ne s'accrocherait pas à un relief du mur. Enfin, elle retira ses bottes, frissonnant sur la pierre glacée du balcon, et se les suspendit au cou par les lacets. Si les lacets s'accrochaient à une pierre, elle pouvait s'étrangler, mais sans bottes, impossible de marcher dans la neige, et son intuition lui disait que la neige ne tarderait plus. Puis, sans plus réfléchir, elle enjamba la balustrade, où elle resta assise un moment, examinant la voie conduisant au balcon qu'elle voulait atteindre — quinze mètres plus bas et une trentaine de mètres sur la gauche ; puis, abaissant lentement sa jambe, elle logea ses orteils dans une crevasse du mur, trouva une prise pour sa main.

Les fissures entre les pierres lui parurent plus étroites que lorsqu'elle était enfant ; en outre, elle ne pouvait déplacer les mains ou les pieds qu'après avoir tâtonné en aveugle sur la pierre froide. Elle avait les pieds glacés avant d'avoir fait cinq mètres, et elle sentit un ongle, puis un autre, se briser sur les blocs irréguliers. A la pâle et capricieuse lueur des lunes, elle descendait lentement, et par deux fois, une traînée blanche qu'elle avait prise pour une fissure se révéla simple fiente friable. Mais Melitta s'accrochait au mur comme une sangsue, et, bien assurée en trois points, ne déplaçait qu'une main ou un pied à la fois.

Louée soit Evanda, pensa-t-elle avec résolution, *pour l'équitation qui m'a endurcie et aguerrie ! Si j'étais du genre à passer ma vie à coudre et à broder, je serais tombée au bout de deux mètres !*

Pourtant, malgré sa vigueur, ses muscles tremblaient sous l'effort et le froid. Elle avait aussi l'impression d'être très visible au clair de lune, cible parfaite pour la flèche d'une sentinelle, si d'aventure l'une d'elles levait les yeux pendant sa ronde. Une fois, elle se figea, car une faible lumière et un bruit de voix apporté par le vent tournaient au coin du château, et elle sut que l'un des hommes de Brynat passait au pied du mur. Elle ferma les yeux et pria le ciel qu'il ne lève pas la tête. Elle fut exaucée ; il passa, chantant d'une voix avinée, et s'arrêta, juste sous elle mais trente mètres plus bas, et, sur l'étroit sentier séparant le château de l'abîme, ouvrit sa braguette et urina dans le précipice. Elle se raidit, tremblant d'un fou rire contenu. Après ce qui lui parut une heure, il se baissa, ramassa sa lanterne, se secoua pour rajuster ses vêtements, et repartit d'un pas mal assuré. Melitta, qui retenait son souffle, se remit à respirer, et, se forçant à déplacer ses doigts gourds, elle agrippa une autre pierre et reprit sa descente vers le balcon.

Pouce par pouce, — un doigt, un orteil —, mètre par mètre, elle descendait, collée au mur comme une fourmi. Une fois, son cœur s'arrêta de battre, car un gravier se détacha du ciment, ricocha sur une gargouille, rebondit sur les rocs au bas de la paroi avec un bruit qui résonna comme un coup de feu, et alla enfin se perdre dans l'abîme. Tous les muscles tendus à se rompre, elle retint sa respiration, sûre que le bruit allait attirer des sentinelles, mais quand elle rouvrit les yeux, elle ne vit que le château baigné dans la lumière déclinante des lunes qui se couchaient, et elle était toujours accrochée au mur dans une solitude réconfortante.

Les lunes étaient passées de l'autre côté de la montagne, la clarté s'était considérablement affaiblie, et une épaisse brume se levait de la terre, quand enfin, ses pieds touchèrent la pierre du balcon ; lâchant la paroi, elle se laissa tomber sur le rebord où elle resta accroupie, haletant de soulagement. Quand elle se fut ressaisie, elle remit ses gants et ses bottes, et s'enveloppa étroitement dans son manteau pour faire cesser ses frissons.

Le premier obstacle était passé. Maintenant, il fallait entrer, et pour cela, attirer l'attention d'Allira sans risquer d'être vue par Brynat. Elle était allée trop loin pour s'arrêter maintenant.

Elle traversa le balcon comme un spectre tremblant et colla son visage aux vitraux colorés de la porte-fenêtre. Elle était fermée à clé de l'intérieur, voilée de lourds rideaux de tapisserie, et Melitta, soudain affolée, se vit perchée sur le balcon pendant des jours, frappant en vain aux vitraux comme un oiseau tombé du nid, sans que personne l'entende, jusqu'à ce que quelqu'un, passant en bas, lève les yeux et l'aperçoive sur son perchoir.

Elle craignait aussi que Brynat ouvre les rideaux et se trouve face à face avec elle.

Elle voulut se forcer à approcher de la porte-fenêtre, mais l'image de Brynat était si vivante qu'elle ne parvint pas à lever la main pour frapper. Elle *savait* qu'il était derrière la tapisserie. Elle s'effondra, à bout de nerfs et tremblante, et attendit, l'esprit en feu.

Storn, Storn, tu m'as contactée tout à l'heure, aide-moi maintenant ! Mon frère, mon frère ! Dieux de la montagne, que dois-je faire ?

Tour à tour autoritaire et suppliante, elle commandait à ses membres affaiblis de bouger, mais resta accroupie, glacée et immobile, pendant ce qui lui parut des heures. Enfin, lentement, son corps et son esprit paralysés par le froid se remirent à fonctionner, et elle recommença à réfléchir.

Quand nous étions petites, Allira et moi, nous pouvions nous contacter mentalement. Pas toujours et pas souvent, mais si l'une était en danger, l'autre le savait toujours ; quand ce vol d'oiseaux sauvages l'avait isolée sur l'île, je l'ai su et j'ai amené des secours. Elle avait alors quatorze ans, et moi huit. Je ne dois pas avoir perdu ce pouvoir, sinon Storn n'aurait pas pu me contacter ce soir. Mais si mon esprit n'émet que des ondes de peur, Allira ne saura pas que c'est moi qu'elle reçoit ; elle croira qu'il s'agit de sa propre panique.

Elle n'avait pratiquement aucun entraînement. Storn, étant aveugle et par là même écarté des occupations habituelles des hommes de sa caste, avait exploré les anciennes sciences télépathiques. Mais pour ses sœurs et son frère, ce n'étaient que des rêves, des fantaisies, des jeux, des tours de passe-passe — agréables peut-être pour s'amuser, mais indignes d'études sérieuses. Il y avait trop de choses réelles, tangibles et nécessaires qui les intéressaient. Melitta se maudit de ne pas avoir passé plus de temps avec Storn, pour apprendre l'ancien langage télépathique, mais le bon sens vint à son secours. Elle se rappela le vieux proverbe : *la clairvoyance peut transformer en sage un âne de Durraman !* Autant se blâmer qu'Allira n'ait pas épousé un mari puissant, doté de quatre-vingts guerriers pour les défendre.

Elle leva la main pour taper à la fenêtre, et de nouveau, le visage de Brynat regardant la tempête derrière le vitrail se présenta à elle si présent qu'elle recula, se pressant contre la balustrade en resserrant sa cape autour d'elle. Il n'était que temps. Une main basanée tira les rideaux, et le visage balafré de Brynat parut, scrutant les ténèbres à droite et à gauche.

Melitta se pressa plus fort contre la balustrade, s'efforçant de se rendre invisible. Au bout d'une minute qui lui parut une éternité, Brynat se détourna et la lampe s'éteignit. Le rideau retomba. Melitta s'effondra sur le balcon, immobile, retenant son souffle.

Le temps passa. La lune se coucha et Melitta eut de plus en plus froid. Après des heures, si longues qu'elle commençait à se demander si le soleil levant n'allait pas la trouver encore à la même place, une petite pluie fine se mit à tomber, et cela l'aiguillonna ; elle réalisa que, quel que fût le risque, elle devait être partie au lever du soleil, être quelque part où elle pourrait se cacher tout le jour. Même si elle devait casser la fenêtre et égorger Brynat dans son sommeil avec un éclat de verre, il fallait passer à l'action !

Comme elle bandait ses muscles, une faible lueur brilla de nouveau entre les rideaux. Melitta se ramassa pour bondir sur la porte-fenêtre ; puis une main fine passa dans l'ouverture, le verrou fit frémir le bois, et sa sœur Allira, drapée dans une longue robe de laine, les cheveux dénoués, poussa la porte, et ses grands yeux dilatés rencontrèrent ceux de Melitta.

Melitta posa un doigt sur ses lèvres, craignant les nerfs d'Allira et redoutant un cri, mais Allira porta ses mains à son cœur avec un soupir de soulagement. Elle murmura :

— Je *savais* que tu étais là, mais je n'arrivais pas à le croire — Melitta, comment as-tu fait ?

Pour toute réponse, Melitta montra le mur de roc de la tête et murmura en retour :

— Pas le temps de t'expliquer. Brynat...

— Il dort, dit Allira, laconique. Il dort toujours d'un œil, comme les chats, mais pour le moment... bon, laissons cela. Melitta — tu es armée ?

— Pas d'une arme qui puisse le tuer discrètement, dit Melitta sans hésitation. Et tu aurais toujours ses hommes à affronter, ce qui serait pire.

Voyant Allira ciller, Melitta sut que sa sœur avait déjà envisagé et rejeté cette solution.

— Le passage secret menant au village de la falaise. Les hommes de Brynat l'ont découvert ?

— Non. Mais tu ne peux pas partir par là, Melitta. Tu te perdrais dans les caves, tu mourrais dans les montagnes en admettant que tu trouves la sortie — et où irais-tu ?

— A Carthon, dit Melitta d'une voix brève, bien que je ne sache pas où c'est. Je suppose que tu ne sais pas non plus ?

— Je sais seulement que c'est une ville au-delà des cols, qui était grande à l'époque des Sept Domaines. Melitta, oseras-tu vraiment y aller ?

— Je dois le faire, ou mourir ici, dit Melitta avec brusquerie. Mais toi, tu as l'air de bien supporter la situation...

— Je n'ai pas envie de mourir.

Allira sanglotait presque, et Melitta la fit taire. Ce n'était pas la faute d'Allira si elle était si timide. Même la protection de Brynat lui semblait sans doute préférable à une longue marche à travers précipices, cols et montagnes. *Peut-être que je devrais aussi être comme elle*, se dit Melitta, *peut-être que c'est l'attitude qui convient à une femme, mais je suppose que je ne suis pas normale — et j'en suis bien contente. J'aime mieux mourir en prenant un risque pour sauver Storn.*

Mais bientôt elle cessa de critiquer sa sœur. Après tout, Allira avait déjà affronté le pire, du moins le lui semblait-il ; qu'avait-elle d'autre à craindre ? En s'évadant maintenant, elle risquait de perdre cette vie sauvée au prix d'un si grand sacrifice.

— Alors, il faut partir avant le lever du soleil, dit Allira d'un ton décidé. Vite, pendant que Brynat dort encore, et avant que les gardes n'entrent ici comme ils le font toutes les nuits, pour s'assurer que je ne l'ai pas tué dans son sommeil, termina-t-elle avec une ombre de son ancien sourire.

Le vent s'engouffra brièvement dans la chambre quand elles entrèrent, puis elles refermèrent bien vite. Brynat, vautré comme une vilaine bête sur le grand lit, ronflait comme une toupie. Après lui avoir jeté un regard flamboyant de haine, Melitta détourna les yeux, et passa près de lui sur la pointe des pieds, retenant son souffle, essayant de ne penser à rien de peur que la force de sa haine virulente n'éveille leur ennemi. Elle respira mieux quand elles furent dans la magnifique salle de réception, mais ses mains étaient toujours crispées d'appréhension et de terreur.

Il y avait dans la salle des coffres sculptés, des tentures, d'étranges bêtes entourant la fausse cheminée. Elle pressa la garde de l'épée de marbre du manteau et la pierre glissa, découvrant un antique escalier. Elle serra les mains d'Allira, s'efforçant de lui parler, mais la voix lui manqua. Elle s'avança. Quoi qu'il arrive, elle serait ou morte ou sauvée.

Allira trouverait peut-être le courage de la suivre — mais Melitta, réaliste, savait que l'évasion n'était que la première épreuve. Elle avait une longue route devant elle, et elle ne voulait pas s'encombrer d'une compagne qui ne partagerait pas sa résolution farouche et désespérée ; à ce stade, même si Allira l'avait suppliée de venir, elle aurait refusé.

Elle dit d'une voix brève :

— Les gardes qui veillent devant ma chambre croient que j'y suis encore. Fais tout ce que tu pourras pour les empêcher de découvrir comment j'ai disparu. Tu n'as rien vu, rien entendu.

Allira, apeurée, la serra dans ses bras et lui donna un baiser.

— Est-ce que... est-ce que tu veux le couteau de Brynat ? Il me fouillera, ne le trouvera pas sur moi et pensera l'avoir perdu.

Melitta accepta, frappée d'admiration pour sa sœur, avec un peu de retard. Pétrifiée, n'osant faire un mouvement, elle attendit pendant qu'Allira retournait dans la chambre, puis revenait, tenant un long couteau sans fourreau qu'elle glissa dans la botte de sa sœur. Elle avait autre chose à la main, enveloppé dans un bonnet de toile. Melitta jeta un rapide coup d'œil sur le contenu : un demi-pain, quelques tranches de viande, deux poignées de bonbons poisseux. Elle renveloppa ces maigres provisions et les fourra dans sa poche.

— Merci, Lira. Ça me permettra de tenir un jour ou deux, et si je n'ai pas trouvé d'aide d'ici là, ça n'aura plus d'importance. Il faut que je m'en aille ; le jour se lèvera dans trois heures.

Elle n'osa pas exprimer ses adieux en paroles, craignant d'ouvrir les écluses de sa peur.

— Donne-moi ta chaîne d'or, sauf si tu penses que Brynat remarquera sa disparition ; je peux la cacher dans une de mes poches, et les maillons transmettront le courant, quoique ce ne soit pas aussi bien que le cuivre.

Allira eut un sourire hésitant.

— L'amulette ne m'a pas protégée, n'est-ce pas ? Peut-être que tu auras davantage à t'en louer. *Les porte-bonheur ne protègent que ceux qui ont leur propre chance.*

Elle ôta la longue chaîne, l'enroula deux fois et la passa au cou de Melitta. Melitta referma la main sur la petite amulette, soudain émue — Allira la portait depuis l'âge de trois ans. Elle avait appartenu à leur mère et à leur grand-mère.

Elle dit doucement :

— Je te la rapporterai.

Puis elle donna un rapide baiser à Allira, et, sans ajouter un mot, plongea dans le long escalier. Elle entendit Allira étouffer un sanglot tandis qu'au-dessus d'elle la lumière disparaissait et le passage retombait dans le noir.

Elle était seule dans les entrailles du château.

5

— Nous devrions atteindre Armida à la tombée de la nuit.

Dans l'étroit sentier du col, Colryn mit son cheval au pas, attendant que les autres le rejoignent, et regarda Barron avec un bref sourire.

— Fatigué du voyage ?

Barron secoua négativement la tête.

— Tant mieux ; le Seigneur Comyn nous invitera peut-être à nous reposer ici un jour ou deux, mais après, nous abordons les montagnes.

Barron rit à part lui. S'ils n'avaient pas encore abordé les montagnes, il se demandait bien quel était le nom local de ce qu'ils traversaient depuis quatre jours. Après avoir quitté la plaine où s'élevait la Cité du Commerce, ils n'avaient cessé de monter et descendre des sentiers sinueux surplombant des à-pics et les reliefs tourmentés remplissaient l'horizon.

Pourtant il n'était pas fatigué. Il s'était endurci à la monte et chevauchait avec aisance ; chaque pouce du chemin avait pour lui un charme étrange, impossible à expliquer.

Il s'était attendu à voyager dans l'amertume, le ressentiment et la résignation — il avait laissé derrière lui tout ce qu'il connaissait : son travail, ses rares amis, le monde familier construit par les hommes qui avaient conquis la Galaxie. Il partait en exil, dans l'inconnu.

Pourtant il avait voyagé comme en rêve. Il avait l'impression d'apprendre une langue jadis connue mais oubliée depuis longtemps. Comme si ce monde étranger l'avait appelé, capté avec de mystérieuses paroles : « Viens, étranger ; tu rentres chez toi. » Il en tirait le sentiment d'avancer dans un songe, ou sous l'eau ; tout lui arrivait comme isolé par un rideau d'irréalité.

De temps en temps remontait à la surface, comme après une interminable plongée, son ancien moi : le personnage qu'il avait été pendant de longues années à la salle de contrôle de la Cité du Commerce terrienne reprenait le dessus. Un jour, il essaya de comprendre.

Es-tu en train de tomber amoureux de ce monde ? Respirant l'air froid étrangement parfumé, écoutant le pas étouffé de son cheval sur le sentier gelé, il se disait : *Que se passe-t-il ? Tu n'es jamais venu ici, pourquoi tant de choses te semblent-elles familières ?*

Familières ? Ce n'était pas tout à fait le mot juste ; on aurait dit qu'il avait, dans une autre vie, chevauché dans des montagnes semblables, respiré l'air froid, humé l'encens que faisaient brûler ses compagnons sur les feux de camp au ras du brouillard avant de s'endormir. C'était nouveau pour ses yeux et pourtant... *c'est comme si j'étais un aveugle-né qui voit pour la première fois : tout lui paraît étrange et beau, mais secrètement conforme à son attente...*

Pendant ces courts entractes où l'ancien Barron reprenait vie dans son esprit, il réalisait que cette impression de *déjà vu,* de vécu onirique, devait être une forme nouvelle de la folie hallucinatoire qui lui avait coûté son emploi et sa réputation. Mais la conscience ne durait pas. Le reste du temps, il chevauchait dans son rêve insolite et savourait cette sensation d'être suspendu entre deux mondes, entre deux moi, en plein devenir.

Maintenant, le voyage allait finir, et il se demanda fugitivement si l'enchantement finirait aussi.

— Armida, qu'est-ce que c'est ?

— C'est la demeure de Valdir Alton, le Seigneur Comyn qui t'a envoyé chercher, dit Colryn. Il sera content de voir que tu parles couramment notre langue et t'expliquera ce qu'il désire.

Puis, s'abritant les yeux de la main contre les rayons du soleil déclinant, il regarda dans la vallée et tendit le bras.

— C'est là, en bas.

L'épaisse forêt de conifères gris-bleu, qui projetaient sur le sol des ombres coniques et parfumées, s'éclaircit au cours de la descente, et, dans le sous-bois, çà et là, des petits oiseaux pépiaient sans relâche de leur chant plaintif. Des volutes de brume commençaient à monter dans la vallée, et Barron réalisa qu'il serait bien content d'être à l'abri au crépuscule, quand la pluie quotidienne commencerait à tomber. Il était fatigué de coucher par terre sous des bâches, tout en sachant que le climat était doux en cette saison et qu'ils avaient de la chance de ne pas avoir de neige. Il était fatigué, également, des repas cuits sur les feux de camp. Il serait content de dormir sous un toit.

Sachant bien monter maintenant, il laissa son cheval se diriger tout seul, ferma les yeux, dériva dans son rêve. *Je ne connais pas les Seigneurs Alton, et je dois leur cacher mon véritable but tant que je ne serai pas sûr qu'ils m'aideront et ne feront pas obstacle à ma quête. Ici, je trouverai également des informations sur les routes et le meilleur itinéraire — la neige fermera bientôt les cols, et, auparavant, il faut que je trouve le meilleur chemin pour aller à Carthon. Le chemin du bout du monde...*

Il se força à sortir de son rêve. Qu'est-ce que c'étaient que ces sottises ? Où était Carthon, et d'ailleurs, qu'est-ce que c'était ? Pourquoi pas une lune ? *Au diable, j'ai dû voir ce nom sur une carte quelconque.*

Autrefois, il les consultait de temps en temps, quand il n'avait rien de mieux à faire. Et si son inconscient — qui, disait-on, n'oubliait jamais rien — tissait des rêves à partir de ces bribes de savoir à demi oubliées ?

Si ça continuait, il serait bientôt prêt pour l'asile de fous. *L'asile ? Mais j'y suis déjà !* Il se remémora des bribes d'une chanson apprise des années avant sur un autre monde ; on y parlait du bout du monde.

> M'a ordonné de voyager...
> Un peu plus loin que le bout du monde...
> Pour moi, ce n'est pas voyager...

Non, ce n'est pas ça. Il fronça les sourcils, essayant de se rappeler les paroles ; son esprit se concentrait sur autre chose que sur l'étrangeté ambiante.

Lerrys le rejoignit.

— Tu as dit quelque chose, Barron ?

— Pas vraiment. Ce serait difficile à traduire à moins... comprends-tu la langue de la Terre ?

— Assez bien, dit Lessys en souriant.

Barron sifflota la mélodie, puis chanta d'une voix un peu rauque mais mélodieuse :

> Maître suprême d'une armée
> De chimères crachant des flammes,
> Eperonnant mon cheval ailé,
> Dans le désert j'erre indompté ;
> La reine de l'air et des ténèbres
> M'a ordonné de voyager
> Un peu plus loin que le bout du monde ;
> Pour moi, ce n'est pas voyager.

Lerrys hocha la tête.

— Cela fait cette impression, parfois, dit-il. Ça me plaît ; et ça plaira à Valdir. Mais Armida n'est pas le bout du monde, tu sais — pas encore.

Tout en bavardant, ils sortirent d'un tournant ; une

faible odeur de fumée et de terre humide monta vers eux de la vallée, et, à travers la brume légère, ils virent la grande maison déployée au-dessous d'eux.

— Armida, dit Lerrys, la maison de mon père adoptif.

Barron ne savait pas pourquoi il s'était attendu à voir un château, surplombant des précipices, couronné par des aigles hurlant sur les tours. Descendant la pente, les chevaux se mirent à hennir et accélérèrent l'allure, et Lerrys tapota le cou de sa monture.

— Ils sentent l'écurie et leurs pouliches. Le voyage s'est bien passé ; j'aurais pu le faire seul. C'est l'une des routes les plus sûres ; mais mon père adoptif a eu peur des dangers que j'aurais pu rencontrer en chemin.

— Quels dangers ? demanda Barron.

Il faut que je sache ce qui m'attend sur la longue route menant à Carthon.

Lerrys haussa les épaules.

— Les dangers habituels dans ces montagnes ; des hommes-chats, des bandes nomades de non-humains, quelque bandit — encore qu'ils fréquentent généralement des régions plus sauvages et qu'au demeurant nous ne soyons pas assez nombreux pour intéresser les plus dangereux. Et si le Vent Fantôme se levait... mais je vais finir par te faire peur, dit-il en riant. La région est paisible.

— Tu as beaucoup voyagé ?

— Pas plus que d'autres, dit Lerrys. J'ai traversé les Kilghard pour sortir des Hellers avec mon frère adoptif quand j'avais quinze ans ; ce n'a pas été une partie de plaisir, tu peux me croire. Et une fois, je suis allé dans les Villes Sèches avec une caravane, traversant les cols au Haut Kimbi, au-delà de Carthon...

Carthon ! Le mot résonna comme un gong, éveillant un tumulte en Barron et expédiant une décharge d'adrénaline dans ses veines ; il eut un spasme, et manqua une ou deux phrases. Puis il dit, interrompant assez brusquement les souvenirs de son cadet :

— Où est Carthon et qu'est-ce que c'est ?

Lerrys le regarda bizarrement.

— C'est ou plutôt c'était une ville ; loin d'ici, vers l'est. Maintenant, c'est une cité fantôme ; personne n'y va, mais les caravanes continuent à traverser les cols ; il y a une vieille route, et un gué. Pourquoi ?

— Je... il me semble avoir entendu ce nom quelque part, répondit Barron avec embarras, puis il baissa les yeux sur sa selle, car le cheval accélérait l'allure sur la route aplanie menant aux remparts d'Armida.

Pourquoi s'était-il attendu à voir un château ? Maintenant qu'il était devant les grilles, il trouva naturel de découvrir une vaste construction avec de nombreuses dépendances, bien abritée derrière ses murs contre les vents violents qui dévalaient des hauteurs. Elle était construite en pierre gris-bleu, avec de larges aires de pierre translucide encastrées dans les murs, derrière lesquelles évoluaient des taches de lumière de différentes couleurs. Ils passèrent sous une arche basse et entrèrent dans une cour abritée ; Barron tendit ses rênes à un petit homme basané vêtu de cuir et de fourrure, qui les prit en murmurant une formule de bienvenue. Les muscles raides, le Terrien se laissa glisser à bas de son cheval.

Peu après, il se chauffait à un grand feu ronflant dans l'âtre d'une vaste salle dallée ; la lumière combattait les ténèbres et le vent rôdant derrière les pierres translucides. Grand, mince, le regard perçant, Valdir Alton l'accueillit d'un salut et d'une brève formule de bienvenue ; puis il considéra le Terrien une minute, fronçant les sourcils.

— Depuis quand êtes-vous sur Ténébreuse ? demanda-t-il enfin.

— Cinq ans. Pourquoi ? demanda Barron.

— Aucune raison particulière — si ce n'est que vous parlez très bien notre langue pour un nouveau venu. Mais aucun homme n'est jamais si jeune qu'il ne puisse enseigner, ni si vieux qu'il ne puisse apprendre ; nous serons heureux d'apprendre ce que vous pourrez nous enseigner sur le polissage des lentilles. Soyez le bienvenu dans ma maison et à mon foyer.

Il s'inclina de nouveau et se retira. Plusieurs fois au cours de cette longue soirée — le long et copieux repas, la longue conversation près du feu, entre la fin du dîner et le moment où on leur indiqua leurs chambres — le Terrien sentit que le Seigneur l'observait avec attention.

Certains indigènes sont télépathes, paraît-il. S'il est en train de lire dans mon esprit, il a dû y trouver des choses sacrément bizarres. Je me demande s'il s'agit d'hallucinations qui rôdent sur la planète et que j'ai captées d'une façon ou d'une autre.

Son trouble ne l'empêcha pas d'apprécier le bon repas chaud servi aux voyageurs, et l'étrange vin vert et résineux qu'ils burent ensuite. Le vertige de l'alcool émoussait sa surprise en face de tout ce qu'il voyait de Ténébreuse, et au bout d'un moment, il ne ressentit plus que l'agrément de l'ivresse, et n'eut plus l'impression de tout voir à travers deux paires d'yeux. Confortablement assis, il buvait lentement dans un gobelet de cristal artistement ciselé, écoutant la jeune Cleindori, fille adoptive de Valdir, jouer d'une petite harpe qu'elle tenait sur les genoux tout en chantant sur une musique pentatonique, une interminable ballade parlant d'un lac de nuages où, sous une pluie d'étoiles, une femme marchait sur le rivage.

Il fut content de coucher dans une vaste chambre aux rideaux transparents, pleine de lumières mouvantes ; habitué à dormir dans le noir, il passa vingt minutes à chercher un interrupteur pour éteindre, puis renonça, se mit au lit et regarda rêveusement les couleurs changeantes qui finalement calmèrent son esprit ; il ferma les paupières et plongea dans le sommeil.

Il dormit profondément, fit des rêves étranges de vols, de paysages mouvants, et entendit une voix qui l'appelait sans cesse : « Trouve la route de Carthon !

Melitta t'attendra à Carthon ! A Carthon... Carthon... Carthon... »

Il se réveilla une fois, à demi hébété, les mots résonnant encore dans sa tête alors qu'il se croyait bien éveillé. Carthon. Pourquoi irait-il là-bas ? Et qui pourrait le forcer à y aller ? Ecartant cette idée, il se rallongea et se rendormit, pour se remettre à rêver de la voix qui l'appelait — murmurant, implorant, ordonnant : « *Trouve la route de Carthon...* »

Un temps passa et le rêve changea. Il descendait un escalier interminable, déchirant d'épaisses toiles d'araignées de ses mains tendues, dans des ténèbres absolues que perçait seulement une faible phosphorescence verte venue des murs humides qui l'enserraient. Il faisait un froid glacial, ses pas ralentissaient, son cœur battait à se rompre, et toujours la même question martelait son cerveau : « *Carthon. Où est Carthon ?* »

Avec le lever du jour et les mille petites aménités de la vie dans une maison indigène, il essaya de chasser ce rêve. Il se demanda, objectivement, s'il devenait fou.

Au nom du ciel, quel sortilège cette maudite planète m'a-t-elle jeté ?

Pour essayer de briser l'emprise de ces songes ou sortilèges envahissants, il alla trouver Lerrys au milieu de l'après-midi et lui dit :

— Ton père adoptif doit m'expliquer ce qu'on attend de moi, et il me tarde de commencer. Nous les Terriens, nous n'aimons pas rester oisifs quand il y a du travail à faire. Pourrais-tu lui demander de me recevoir ?

Lerrys s'inclina ; Barron avait déjà remarqué qu'il semblait plus pratique et direct que le Ténébran moyen, et moins formaliste.

— Naturellement, rien ne te presse de commencer immédiatement, mais si tu préfères, mon tuteur et moi sommes à ton service. Dois-je faire apporter ton équipement ?

— S'il te plaît.

Quelque chose dans ses paroles avait paru bizarre à Barron.

— Je croyais que Valdir était ton père.

— Mon père adoptif.

De nouveau, Lerrys sembla sur le point de lui confier quelque chose, puis se ravisa.

— Viens, je vais te conduire à son cabinet de travail.

C'était une petite pièce, selon les normes de Ténébreuse, mais Barron pensa que sur la Terre, elle aurait fait une belle salle de banquet. Les murs, en assises alternées de pierre translucide et de verre, donnaient sur la cour fermée. Il y faisait très froid, mais Valdir et Lerrys ne semblaient pas s'en apercevoir ; ils ne portaient tous deux que les fines chemises de lin que les Ténébrans revêtaient sous leurs tuniques de fourrure. En bas dans la cour, des hommes allaient et venaient. Valdir les considéra quelques minutes, feignant courtoisement de ne pas remarquer que Barron se chauffait les mains au petit brasero ; puis il se retourna en souriant.

— Hier soir, dans le hall, je me suis limité aux salutations officielles ; mais je suis très content de vous voir ici, monsieur Barron. C'est Lerrys et moi qui avons demandé l'aide d'un Terrien, pour nous enseigner le polissage des lentilles.

Barron eut un sourire légèrement amer.

— Ce n'est pas ma spécialité, mais j'en sais assez pour transmettre les premiers rudiments à des débutants. Ainsi, c'est vous qui avez désiré ma présence ? Je croyais que vous n'aviez pas haute opinion de la science terrienne.

Valdir lui lança un regard incisif.

— Nous n'avons rien contre la science terrienne, dit-il. C'est la *technologie* terrienne que nous redoutons — nous ne voulons pas que Ténébreuse devienne un simple maillon dans une longue chaîne de mondes, aussi semblables que des grains de sable sur le rivage — ou des herbes folles sur le chemin des Terriens. Mais il s'agit là de questions politiques, peut-être philosophiques, à discuter le soir devant du bon vin, et non à l'improviste, au cours d'un travail. Vous verrez que nous ne demandons qu'à apprendre.

Depuis quelques instants, pendant qu'il parlait, Barron avait pris conscience d'une légère irritation, quelque chose comme un son subliminal qu'il n'arrivait pas à percevoir. Il en avait mal à la tête et n'arrivait plus à bien entendre ce que disait Valdir. Il regarda autour de lui pour voir, s'il le pouvait, la source de ce... bruit ? Il n'entendait pas vraiment. Il essaya de se concentrer sur les paroles de Valdir ; il avait manqué une ou deux phrases.

— ... et ainsi, comme vous voyez, dans les collines, un homme doué d'une bonne vue peut suffire, mais dans les hautes montagnes, où il est absolument impératif de détecter le feu à la moindre trace avant qu'il devienne incontrôlable, une lentille — comment dites-vous ? un télescope ? — serait une aide inappréciable. Cela sauverait des hectares et des hectares de forêts. A la saison sèche, le feu représente un danger constant...

Il s'interrompit ; Barron, la main sur le front, balançait la tête de droite et de gauche. Le son, ou la vibration, ou autre chose, semblait lui marteler le cerveau. Valdir demanda, étonné :

— L'amortisseur télépathique vous gêne ?

— L'amortisseur quoi ? Il y a quelque chose qui fait un bruit épouvantable. Désolé, Seigneur...

— Pas du tout, dit Valdir.

S'approchant de ce qui semblait une sculpture ornementale, il tourna un bouton ; le son inaudible cessa, et les pulsations cérébrales de Barron se calmèrent. Valdir semblait stupéfait.

— Désolé ; il n'y a pas un Terrien sur cinq cents qui connaisse l'existence de ces appareils, et j'avais tout simplement oublié de l'arrêter. Toutes mes excuses, monsieur Barron. Vous allez bien ? Puis-je vous offrir quelque chose ?

— Non, ça va, dit Barron, réalisant qu'il avait retrouvé son état normal et se demandant ce que pouvait être ce gadget.

Comme tous les Terriens, il savait que Ténébreuse n'avait guère de technologies ni d'industries et pensait que c'était une planète barbare : l'idée qu'un appareil électronique fonctionnait si loin de la Zone terrienne lui semblait aussi incongrue qu'un arbre poussant au beau milieu de l'Astroport.

— C'est votre premier voyage sur Ténébreuse ? demanda Valdir.

— Non, mais la première fois, j'avais traversé les plaines.

Barron s'interrompit. Qu'est-ce qui lui prenait ? Ce gadget avec son bruit bizarre semblait lui avoir dérangé le cerveau.

— Oui, avant cela, je ne suis jamais sorti de la Zone terrienne.

— Bien sûr, tu n'as pas encore vu de vraies montagnes, dit Lerrys. Celles-ci ne sont que des contreforts, comparées aux Hellers, aux Hyades ou aux Monts de Lorillard.

— Elles me suffisent, dit Barron. Si vous appelez cela des collines, je ne suis pas pressé de voir les autres.

Comme pour réfuter ce qu'il venait de dire, une image surgit dans sa tête. *Je croyais qu'Armida serait comme ça, un grand château aux toits pointus perché sur la dent cariée d'un sommet, surplombant un précipice et couronné de neige.*

Barron expira lentement tandis que l'image s'évanouissait, mais avant qu'il ait pu trouver quelque chose à dire, Gwynn, maintenant vêtu de ce qui semblait un uniforme vert et noir, entra, accompagné de deux hommes portant sa caisse d'outils et de matériel. Ils la posèrent suivant ses instructions, puis enlevèrent les courroies, boucles et rembourrages qui l'avaient protégée pendant le voyage. Valdir remercia les porteurs dans un dialecte que Barron ne comprit pas, Gwynn s'attarda pour poser quelques questions de routine, et, quand ils sortirent, Barron s'était ressaisi. *Bon, peut-être que j'ai souffert d'une crise délirante dans la Zone terrienne, et qu'elle reparaît sous forme de troubles mentaux intermittents. Cela ne veut pas dire nécessairement que je suis fou, et cela ne m'empêche aucunement de faire ce qu'on me demande ici.*

Il était soulagé d'avoir l'occasion de retrouver ses esprits en parlant de choses familières.

On était obligé de reconnaître que, pour des hommes sans culture scientifique, Valdir et Lerrys comprenaient vite et posaient des questions intelligentes. Il leur fit un bref historique des lentilles optiques — du microscope au télescope, en passant par les lentilles réfringentes pour myopes et les lentilles à double foyer.

— Vous réalisez, j'espère, que tout cela est très élémentaire, dit-il d'un ton d'excuse. Ces lentilles simples nous viennent de notre préhistoire ; elles représentent une science préatomique sur la plupart des planètes. Maintenant, nous avons les différentes formes de radar, les appareils à lumière cohérente, et ainsi de suite. Mais sur Terra, quand les hommes ont commencé à étudier la lumière, ils ont d'abord découvert les lentilles.

— Oh, c'est tout à fait compréhensible, dit Valdir, inutile de vous excuser. Sur une planète comme Terra, où la clairvoyance est si rare, il est tout à fait naturel que vous vous soyez tournés vers ce genre d'expériences.

Barron resta interdit ; il n'avait pas eu l'intention de s'excuser.

Lerrys saisit son regard et fit un bref clin d'œil complice à Barron, puis fronça légèrement les sourcils en regardant son tuteur, et Valdir se ressaisit et poursuivit :

— Et naturellement, nous avons de la chance que vous ayez développé cette technique. Voyez-vous, monsieur Barron, ici, sur Ténébreuse, pendant *notre* préhistoire, on utilisait les pouvoirs de la perception extra-sensorielle — PES en abrégé, — au lieu des gadgets et des machines, pour amplifier et relayer les cinq sens de l'homme. Mais beaucoup de ces anciens pouvoirs ont été perdus ou oubliés pendant ce que nous appelons les Ages du Chaos, juste avant le Pacte, et maintenant nous sommes obligés de compléter nos sens par divers appareils. Naturellement, il est nécessaire de choisir avec soin les appareils dont nous autorisons l'introduction dans notre société ; comme le montre bien l'histoire de tant de planètes, la technologie est une lame à deux tranchants, dont on peut user et abuser. Mais nous avons étudié soigneusement l'impact probable des lentilles sur notre société, et conclu qu'avec des précautions élémentaires, leur introduction ne causera aucun dommage dans un avenir prévisible.

— C'est bien bon à vous, dit Barron ironique.

Si Valdir sentit le sarcasme, il le laissa passer sans commentaire. Il reprit :

— Lerrys, bien sûr, a une assez bonne culture technologique et peut m'expliquer ce que je ne comprends pas. Quant aux sources d'énergie nécessaires à vos appareils, j'espère, monsieur Barron, qu'on vous a prévenu que nous n'avons que peu d'électricité et d'un voltage très bas.

— C'est exact. Mais j'ai surtout des appareils manuels, et un petit générateur qui peut être adapté pour transformer le vent en électricité.

— Le vent, voilà une chose dont nous ne manquons pas ici, dit Lerrys avec un sourire amical. C'est moi qui ai suggéré d'utiliser la force du vent plutôt que des batteries.

Barron se mit à ranger ses appareils dans leur caisse. Valdir se leva et alla à la fenêtre, s'arrêtant près de la sculpture qui dissimulait l'étrange gadget électronique. Il demanda brusquement :

— Monsieur Barron, quand avez-vous appris à parler notre langue ?

Barron haussa les épaules.

— J'ai toujours appris les langues vite et facilement.

Puis il fronça les sourcils ; il se débrouillait assez bien dans la langue de la Cité du Commerce, mais il venait de faire une longue conférence assez technique sans hésiter une seule fois et sans demander au jeune homme — Larry ou Lerrys ou autre chose — de lui servir d'interprète. Il se sentit à la fois interdit et troublé. Avait-il vraiment parlé leur langue tout le temps ? Il n'avait pas pensé à la langue qu'il employait. *Bon sang, qu'est-ce que j'ai ?*

— Tout va bien, intervint vivement Lerrys. Je vous l'avais dit, Valdir. Non, je ne comprends pas non plus. Mais... je lui ai donné mon couteau.

— Il était à toi, mon fils, et je ne désapprouve pas.

— Attention, dit vivement Lerrys, il nous entend.

Le regard perçant de Valdir se posa sur Barron, qui réalisa alors que les deux hommes avaient parlé une autre langue. Il en fut à la fois confus et outré. Il dit sèchement :

— Je ne connais pas les règles de la courtoisie sur Ténébreuse, mais sur Terre, il est considéré comme impoli de parler des gens devant eux.

— Désolé, dit Lerrys. Je ne pensais pas que tu pouvais nous entendre, Dan.

— Plus que personne, mon fils adoptif devrait reconnaître les télépathes latents, dit Valdir. Désolé, monsieur Barron, nous ne voulions pas être impolis. Parmi les Terriens, les télépathes sont assez rares, quoiqu'on en trouve quelques-uns.

— Vous voulez dire que je lisais dans vos esprits ?

— En un sens. Ce problème est beaucoup trop complexe pour qu'on puisse le résumer en quelques minutes. Dans l'immédiat, je vous suggère de considérer votre don comme un atout pour votre futur travail, puisqu'il vous permettra de parler plus facilement avec des gens dont vous connaîtrez imparfaitement la langue.

Barron allait dire : *mais je ne suis pas télépathe. Je n'ai jamais manifesté aucun don pour ce genre de choses, et quand on m'a fait passer le test PES standard pour le Service Spatial, j'ai eu une note proche de zéro.*

Pourtant, il ne dit rien. Ces derniers temps, il avait beaucoup appris sur lui-même, et, à l'évidence, il n'était plus le même homme qu'avant. Si un nouveau don s'était développé chez lui parallèlement à ses hallucinations, c'était peut-être une compensation. La conversation avec Valdir en avait été facilitée : alors, pourquoi s'en plaindre ?

Il finit de replacer soigneusement ses appareils dans leur caisse, tandis que Valdir l'assurait qu'elle serait bien emballée pour le voyage qui le conduirait à la station de montagne où il devait travailler. Quelques minutes plus tard, il prit congé, et, dans le couloir, il réalisa avec un choc mais sans surprise qu'il continuait à entendre dans sa tête les voix de Valdir et de Lerrys, comme un murmure lointain.

— *Crois-tu que les Terriens aient choisi un télépathe à dessein ?*

— *Je ne crois pas, mon père ; je ne pense pas qu'ils aient la compétence nécessaire pour les détecter et les entraîner. Et il avait l'air stupéfait. Je vous ai dit qu'inexplicablement, il avait reçu une image de Sharra.*

— *Sharra, c'est inconcevable !*

La voix mentale de Valdir mourut, comme étouffée par la surprise et, semblait-il, par la consternation.

— *Ainsi, tu lui as donné ton couteau, Larry ! Enfin, tu sais à quoi cela t'engage. Je te relèverai de ton serment si tu le désires ; dis-lui qui tu es quand cela te paraîtra nécessaire.*

— *Ce n'est pas parce qu'il est terrien. Mais s'il doit se déplacer sur Ténébreuse dans cet état, il faut bien que quelqu'un fasse quelque chose — et je le comprends sans doute mieux que personne. Ce n'est pas si facile de changer de monde.*

— *Ne saute pas aux conclusions, Larry. Tu ne sais pas s'il est en train de changer de monde.*

Larry répondit avec conviction, mais aussi avec tristesse :

— *Oh si. Où pourrait-il aller parmi les Terriens après ça ?*

6

MELITTA descendait lentement le long escalier souterrain, tâtonnant dans le noir. Quand la faible lumière émanant de la porte secrète derrière elle se fut éteinte, elle se trouva plongée dans d'épaisses ténèbres et tâta chaque marche du pied avant de la descendre. Elle aurait dû penser à apporter une lampe. Mais d'autre part, elle avait besoin de ses deux mains pour se diriger. Elle avançait avec prudence, ne pesant jamais de tout son poids sur une marche avant d'en avoir éprouvé la solidité. Elle n'était encore jamais venue dans ces passages, mais son enfance avait été bercée d'histoires sur ses ancêtres et sur les bâtisseurs du château, et elle savait que les sorties et les tunnels secrets étaient truffés de mauvaises surprises pour quiconque s'y précipitait sans précaution.

Sa prudence fut récompensée. Elle n'avait pas descendu mille pieds dans le noir que le mur de gauche disparut sous sa main, remplacé par un vide dont montait un souffle d'air humide. L'air circulait, elle n'était donc pas menacée d'asphyxie, mais l'écho était si lointain qu'elle eut peur de tomber sur la gauche ; et quand son pied délogea un gravier, celui-ci tomba en silence pendant une éternité et le choc final ne fut qu'un murmure distant, très loin au-dessous d'elle.

Brusquement, ses mains rencontrèrent la pierre

froide : un mur. D'abord interdite, elle se mit à tâtonner alentour, et découvrit qu'elle avançait pied à pied sur une étroite corniche au pied de l'escalier. Ses mains rencontraient et déchiraient d'épaisses toiles d'araignées, et elle frémit à l'idée des créatures invisibles qui les avaient tissées dans le noir ; elle ne craignait pas les araignées ordinaires, mais qui aurait pu dire quels monstres avaient sécrété ces toiles depuis le commencement du monde, rampant dans les ténèbres et se nourrissant d'horreurs. Se ressaisissant, elle serra les dents et pensa : *En tout cas, ils ne me mangeront pas.* Elle poursuivit son avance la lame à la main.

A sa gauche, une pâle lueur verte vacilla. Etait-elle déjà au bout du tunnel ? Ce n'était pourtant pas la lumière du soleil ou d'une lune. D'où que vînt cette clarté, ce n'était pas de l'extérieur. Soudain, la corniche s'élargit et elle put se remettre à marcher normalement.

La lueur verte s'amplifia lentement, et Melitta s'aperçut bientôt qu'elle venait d'une arche au bout du passage. Elle n'était pas peureuse, mais cette lueur verte avait quelque chose de répugnant, qui semblait plonger au-delà des racines de la conscience et remuer de vagues souvenirs perdus dans les tréfonds de son être. Ténébreuse était un monde très ancien, et nul ne savait ce qui avait rampé sous les montagnes quand le soleil avait commencé à refroidir, à l'aube des temps, pour s'y reproduire dans l'horreur et le mystère.

Elle marchait sans bruit dans ses bottes doublées de fourrure, mais ce n'était pas assez : maintenant, elle avançait comme un spectre, sans déplacer l'air, retenant son souffle de peur qu'il ne dérange un *quelque chose* caché. La lumière verte s'intensifia, et, bien qu'elle ne fût pas plus vive que le clair de lune, elle lui blessa la vue, de sorte qu'elle baissa les yeux pour les protéger. Il y avait en ces lieux quelque chose d'immonde.

Eh bien, pensa-t-elle, *même si c'est un dragon, il ne peut pas être beaucoup plus nocif que les hommes de*

Brynat. Au pire, un dragon ne peut que me dévorer. D'ailleurs, il n'y a plus de dragons sur Ténébreuse depuis mille ans. Ils ont tous été tués avant les Ages du Chaos.

L'arche d'où émanait la lumière verte était maintenant toute proche. L'éclat venimeux blessait sa vue. Elle s'arrêta devant l'ouverture et jeta un coup d'œil à l'intérieur, retenant son souffle pour ne pas crier devant l'abomination aveuglante qui s'offrait à ses regards.

La lumière verte était émise par des champignons vénéneux croissant sur les murs à la faveur des courants d'air humide. La salle était haute et voûtée, avec des sculptures couvertes de ces champignons, et, à l'autre bout, des formes vagues qui avaient pu être un dais et des fauteuils.

Melitta se força à réfléchir posément. *Pourquoi serait-ce malfaisant simplement parce que c'est vert et visqueux ? Ainsi sont les grenouilles, qui sont inoffensives. Ainsi est la mousse sur les rochers. Pourquoi les végétaux poussant selon leur nature propre devraient-ils me faire cette impression sinistre ?* se demanda-t-elle.

Néanmoins, elle ne put se résoudre à faire le premier pas dans la salle voûtée. La lumière verte lui faisait mal aux yeux, et elle percevait une faible odeur de charogne.

Lentement, à mesure que sa vue s'habituait à la lumière verte, elle commença à distinguer les choses qui rampaient au milieu des champignons.

C'était blanc et mou. Leurs yeux, grands et curieusement iridescents, se tournèrent lentement dans sa direction, et elle sentit son estomac se soulever sous ces regards aveugles. Paralysée, elle réfléchissait fiévreusement : *Ce doit être nouveau, ces choses ne peuvent pas être là depuis le commencement des temps, ce passage était en bon état il y a quarante ans ; je me rappelle que mon père en parlait, bien qu'il n'y fût pas venu depuis des années avant ma naissance.*

Elle recula, observant les stalactites vertes et les

larves rampantes. Elles étaient immondes, mais étaient-elles dangereuses ? Elles lui donnaient la chair de poule, mais elles étaient peut-être aussi inoffensives que la plupart des araignées. Si elle arrivait à rassembler son courage pour traverser la salle en courant, peut-être s'en sortirait-elle indemne ?

Un petit bruit derrière elle la fit se retourner. Non loin de ses pieds, assis sur ses pattes postérieures et l'observant avec curiosité, un petit rongeur à fourrure rousse hésitait à l'entrée de la salle. Il émettait de petits cris nerveux où Melitta reconnut l'appréhension qu'elle ressentait. C'était un petit animal très sale, mais par comparaison avec la grotte verte, il semblait normal et amical. Melitta faillit lui sourire.

Il couina une dernière fois, puis, prenant son élan, détala au milieu des champignons.

Les filaments verts s'abattirent sur la petite créature, qui poussa un long gémissement, vite étouffé par l'abjecte pulsation de l'horreur verte. Les larves aux yeux d'or s'avancèrent, le recouvrirent de leur grouillement, puis s'écartèrent. Même les os avaient disparu. Il ne restait que quelques poils de fourrure rousse.

Melitta enfonça son poing entier dans sa bouche pour ne pas crier. Puis, affolée, elle recula, observant les filaments verts qui se rétractaient.

Au bout d'un bon moment, son cœur se remit à battre normalement, et elle chercha fiévreusement une solution. Dommage de ne pas pouvoir traverser cette salle en entraînant les hommes de Brynat après moi, pensa-t-elle avec colère, mais cela ne la menait nulle part.

Du feu. Tout ce qui vit craint le feu, sauf l'homme. Si j'avais du feu...

Elle n'avait pas de lumière, mais elle avait de la pierre à briquet et de l'amadou dans sa poche ; sur Ténébreuse, il fallait pouvoir faire du feu en toute saison ou mourir. Avant d'avoir huit ans, elle connaissait toutes les méthodes pour faire du feu n'importe où et par tous les temps.

Retenant son souffle, elle sortit son matériel. Elle n'y trouva rien à brûler, mais elle déchira son écharpe, l'enroula autour d'une pierre et l'alluma. Puis, la portant devant elle, elle entra dans la cave.

A la chaleur du feu, les filaments verts se rétractèrent. Elle frissonna d'horreur à la vue des larves grouillant à ses pieds, mais elles n'essayèrent pas d'attaquer, et Melitta se remit à respirer et avança. Il fallait traverser rapidement, mais pas trop, pour voir où elle allait. L'écharpe ne mettrait guère plus d'une minute à brûler. Heureusement, la salle aux champignons verts faisait moins de cent mètres ; au-delà de la deuxième arche, les ténèbres recommençaient.

Une larve heurta son pied, molle et visqueuse comme une grenouille, elle poussa un cri, chancela et lâcha son écharpe enflammée. Elle se baissa pour la ramasser...

La larve poussa un glapissement strident. Près de ses pieds, un champignon vert remua, et Melitta, retenant son souffle, se prépara à l'attaque.

Mais l'écharpe frôla le filament vert qui s'enflamma. Une traînée de feu vert-rouge fantomatique lécha le mur jusqu'au plafond ; Melitta sentit le souffle chaud du brasier se propageant de filament en filament. En trente secondes, tous les murs flambaient ; les larves gémissaient, se tordaient et mouraient à ses pieds, tandis que les filaments verts, violemment agités, cherchaient à se mettre hors de portée des flammes, puis prenaient feu et brûlaient.

Terrorisée, resserrant ses vêtements autour d'elle pour échapper aux flammes, assourdie par les gémissements des larves, aveuglée par la fumée, elle crut que la conflagration durait une éternité. Pourtant, elle savait, rationnellement, que les flammes n'avaient pu mettre plus de quelques minutes à dévorer les monstres, avant de s'éteindre par manque d'aliment, la laissant seule dans l'obscurité totale et bienheureuse.

Elle reprit sa marche vers l'autre porte, lentement, retenant son souffle pour ne pas respirer la poussière calcinée des champignons vénéneux, répugnant à poser les pieds sur les larves mortes qui crissaient, mais contrainte à s'y résoudre. Comme un automate, elle avançait en direction de la trouée noire précédemment aperçue de l'autre côté de la cave luminescente.

Quand elle en sortit, elle s'en aperçut immédiatement : l'air était plus pur, et, sous ses pieds, il n'y avait plus que de la pierre, solide et sûre. Il y avait aussi une faible lueur — peut-être un rayon de lune venu d'une cheminée d'aération. L'air était doux et frais ; les constructeurs de ces souterrains avaient fait de leur mieux pour rendre la marche agréable. Très loin devant elle, elle perçut le bruit d'un ruissellement d'eau, et, pour sa gorge irritée par la fumée, ce fut comme une promesse.

Elle continua à descendre vers le murmure de l'eau courante. Deux fois, elle recula à la vue d'une trace verte sur le mur, et se fit mentalement une promesse : *si je reviens jamais au château, je descendrai les brûler toutes. Sinon, j'espère qu'elles pousseront vite — et que Brynat viendra ici un jour !*

Après une lente descente qui lui sembla durer des heures, elle trouva la source — mince filet d'eau sortant de la pierre et coulant le long de l'escalier. Elle mit ses mains en coupe et but à longs traits, se lava le visage et mangea un peu. A la sensation de l'air sur son visage, elle comprit que la nuit était très avancée. Elle devait être cachée en lieu sûr avant le matin.

Pourquoi ? Je pourrais me dissimuler dans ce tunnel un jour ou deux, jusqu'à ce que les poursuites cessent.

Puis elle se dit que c'était impossible. Elle ne pouvait pas se fier à Allira. Sa sœur ne la trahirait pas intentionnellement ; mais si Brynat la soupçonnait de savoir, il ferait n'importe quoi pour lui tirer des renseignements. Et elle ne pensait pas Allira capable de résister à un interrogatoire tant soit peu poussé.

Tout en descendant, elle réalisa que la pente du tunnel se faisait moins abrupte, puis devenait enfin normale. La fin de l'escalier ne devait plus être loin. Elle percevait assez bien les distances et savait qu'elle avait fait un long chemin pendant la nuit ; par le tunnel, elle avait dû descendre dans les caves du château, puis dans les falaises qu'il couronnait. Enfin elle arriva devant deux grandes portes de bronze, les poussa et se retrouva à l'air libre.

Il faisait toujours nuit, mais, à l'odeur de l'air, elle n'avait plus que deux heures d'obscurité devant elle. Les lunes s'étaient couchées, la pluie avait cessé, mais une brume épaisse flottait encore sur le sol. Elle regarda les portes fermées derrière elle.

Maintenant, elle savait où elle était. Elle avait vu ces portes de l'extérieur, quand, enfant, elle jouait dans le village des forges. Elle se trouvait sur une place dallée, entourée de portes taillées dans la falaise qui l'entourait de toutes parts, avec un petit carré de ciel au-dessus de sa tête, comme au bout d'une cheminée. Elle regarda les portes sombres des maisons, certaines entrouvertes, et, de tout son corps lourd de fatigue, éprouva un violent désir d'entrer dans une de ces demeures abandonnées, et de dormir pendant des heures.

Elle se força pourtant à repartir et descendit l'étroit sentier passant entre les falaises. Comme le souterrain, le village abandonné serait le premier endroit où on la chercherait, si Brynat parvenait à apprendre d'Allira l'existence du passage secret. Elle passa devant les foyers en plein air, où en des temps immémoriaux, les forgerons travaillaient à leurs magnifiques ouvrages, bijoux de cuivre et grilles de fer comme celles du château abattues pendant le siège. Elle leva les yeux et vit une partie des ouvrages avancés. Brynat avait déjà commencé à réparer les fortifications de Storn. A l'évidence, il prévoyait qu'il aurait à défendre sa conquête.

Il a raison. Je le jure par Avarra et Zandru, je le jure

par Sharra, Déesse des Forges et des Feux ! Il devra se défendre, dix fois plus...

Pas le temps de penser à ça. Si elle voulait faire souffrir Brynat, un seul moyen d'y arriver : se sauver elle-même. Sa sécurité passait avant tout. Elle traversa l'ancien cercle des forges, maintenant froides et rouillées. Même la statue de Sharra au-dessus de la forge centrale était ternie, et l'or de ses chaînes avait perdu son éclat et se détachait à peine sur le métal plus mat du corps, couvert de toiles d'araignées et de fientes d'oiseaux. Elle frissonna devant le sacrilège. Elle n'était pas une adoratrice de la Déesse aux Cheveux de Flamme, mais, comme tous les enfants des montagnes, elle éprouvait un respect révérenciel pour les arts secrets de la forge.

Si je reviens — quand je reviendrai —, l'image de Sharra sera purifiée et de nouveau révérée...

Mais dans l'immédiat, elle n'avait pas le temps.

L'horizon rosissait quand, chancelant de fatigue et les pieds douloureux, Melitta s'effondra contre la porte d'une maison villageoise très loin au-dessous du château, et frappa faiblement au battant. Elle rassembla ses dernières forces. Si on ne l'entendait pas, si on ne venait pas à son secours, elle allait tomber sur place, et y rester jusqu'à ce que Brynat la retrouve, ou qu'elle meure.

Mais, quelques instants plus tard, la porte s'entrouvrit précautionneusement, puis des bras maternels l'entourèrent et l'attirèrent à l'intérieur, près du feu.

— Vite — barrez la porte, tirez les rideaux — *damisela*, d'où venez-vous ? Nous pensions que vous étiez morte pendant le siège, ou pire ! Comment vous êtes-vous échappée ? Evanda nous protège ! Vos pauvres mains, votre visage — Reuel, grand fainéant, apporte donc du vin pour notre petite maîtresse.

Quelques minutes plus tard, mangeant une bonne soupe chaude en chauffant ses pieds nus devant le feu, enveloppée dans des couvertures, Melitta racontait son évasion devant un auditoire stupéfait.

— Dame Melitta, il faut vous cacher ici jusqu'à la fin des poursuites...

Devant leurs visages pleins d'appréhension, Melitta intervint vivement :

— Non, Brynat vous tuerait tous.

Elle vit dans leurs yeux un grand soulagement, mêlé de honte, et reprit :

— Je peux me cacher jusqu'à la nuit dans les grottes à flanc de montagne ; puis je partirai pour Nevarsin ou plus loin. Mais vous pouvez me préparer des provisions, et peut-être me trouver un cheval capable de passer les cols.

Tout s'organisa rapidement, et, au lever du jour, Melitta dormait, enveloppée de fourrures et de tapis, dans le dédale des grottes qui, pendant des siècles, avaient caché les Storn en cas de danger. Elle y était en sécurité pour la journée, car Brynat commencerait par la chercher dans des endroits plus proches. Et le soir, elle serait partie. La route était longue jusqu'à Carthon.

Epuisée, elle dormit profondément — mais le nom continuait à résonner dans ses rêves — *Carthon*.

7

PENDANT le voyage de la Zone terrienne à Armida, Barron croyait avoir vu des montagnes. D'accord, ses compagnons les appelaient toujours *collines,* mais il avait mis cela sur le compte de l'exagération, ou du désir d'impressionner un étranger. Maintenant, à un jour de cheval d'Armida, il réalisait qu'ils n'avaient pas exagéré. Sortant d'une longue descente à travers la forêt, il vit se dresser devant lui des chaînes gigantesques. Pourpre vif, violet foncé, gris-bleu pâle, elles se succédaient, de plus en plus hautes, à perte de vue, et se perdaient au loin dans des masses brumeuses — qui étaient peut-être des nuages d'orage, et peut-être d'autres barrières rocheuses.

— Bon sang, explosa-t-il. Nous n'allons pas franchir *tout ça,* non ?

— Pas tout à fait, dit en souriant Colryn qui chevauchait à son côté. Seulement le sommet de la deuxième chaîne. Là, dit-il en tendant la main. La tour de guet est en haut de ce pic.

Il dit son nom à Barron dans la langue ténébrane.

— Mais si tu regardes assez loin, tu peux voir les montagnes jusqu'à la chaîne qu'on appelle le Mur autour du Monde. Personne ne vit au-delà, sauf les Hommes des Routes et des Arbres.

Barron se rappela de vagues histoires sur des tribus

non humaines. Puis ils s'arrêtèrent pour manger un repas froid tiré de leurs fontes et faire reposer leurs chevaux ; alors il chercha Lerrys, toujours le plus amical des trois, et lui en parla.

— Ils ne vivent qu'au-delà de cette chaîne lointaine ? Ou bien y a-t-il aussi des non-humains dans ces montagnes ?

— Bien sûr. Ça fait cinq ans que tu es sur Ténébreuse, et tu n'as encore jamais vu de nos non-humains ?

— Un ou deux *kyrii* dans la Zone terrienne — et de loin, lui dit Barron. Et les petits serviteurs fourrés d'Armida — je ne sais pas comment vous les appelez. Il y en a d'autres ? Et sont-ils tous... enfin, si ce sont des non-humains, je ne peux pas te demander s'ils sont humains, mais répondent-ils aux normes de l'Empire en matière d'Etres Intelligents — avec une culture et un langage permettant de communiquer avec d'autres E.I. ?

— Oh, ce sont tous des E.I. selon les normes de l'Empire, l'assura Lerrys. La raison pour laquelle l'Empire ne traite pas avec eux est assez simple. Les humains de Ténébreuse ne portent pas grand intérêt à l'Empire en soi, mais s'intéressent aux autres humains en tant qu'individus. Les races non humaines ne sont pas mon domaine, mais je soupçonne que si elles n'ont jamais essayé d'entrer en rapport avec l'Empire, c'est pour la même raison qu'elles communiquent peu avec les humains de Ténébreuse. Leurs objectifs, leurs désirs sont tellement différents qu'il n'existe aucun point de contact ; ils n'en cherchent pas et ils n'en ont pas.

— Tu veux dire que même les humains de Ténébreuse n'ont aucun contact avec les non-humains ?

— Je ne dirais pas *aucun* contact. Il y a quelques échanges commerciaux avec les Hommes des Routes et des Arbres — ils sont ce qu'on pourrait appeler à demi humain ou subhumains, et ils vivent dans les arbres. Ils achètent aux montagnards des médicaments, de petits outils, un peu de métal. Ils sont inoffensifs, sauf si on leur fait peur. Quant aux hommes-chats, c'est une race qui ressemble un peu aux *cralmacs,* les serviteurs fourrés d'Armida. Les *cralmacs* ne sont pas très intelligents ; félins plus que simiens, ils ont une culture rudimentaire, et certains sont télépathes. Ils ont à peu près le niveau mental d'un idiot, ou d'un chimpanzé qui aurait soudain acquis une culture tribale. Chez les *cralmacs,* un individu capable d'apprendre une douzaine de mots d'un langage humain est un génie ; je n'en connais pas qui sachent lire ; je soupçonne que l'Empire leur a généreusement accordé le bénéfice du doute en les classant parmi les E.I.

— C'est notre politique. Nous ne voulons pas qu'on vienne nous reprocher plus tard d'avoir traité des individus potentiellement intelligents comme des animaux supérieurs.

— Je sais. Les *cralmacs* sont classés E.I. réels ou potentiels, et on les laisse tranquilles. Je soupçonne que les hommes-chats sont beaucoup plus intelligents ; je sais qu'ils utilisent des outils en métal. Heureusement, je ne les ai jamais approchés ; ils haïssent les hommes et ils les attaquent quand ils peuvent le faire sans risque. Il paraît qu'ils ont une culture de type féodal très élaborée, avec un code de l'honneur incroyablement complexe. Les Séchéens croient que certains éléments de leur propre culture viennent de croisements culturels intervenus avec les hommes-chats il y a des millénaires, mais un xenthropologue pourrait t'en dire plus.

— Combien de races non humaines y a-t-il sur Ténébreuse ? demanda Barron.

— Dieu seul le sait, et je ne plaisante pas. Quelques Comyn le savent peut-être, mais ils ne le disent pas. Ou les *chieri* (une autre race presque humaine, mais aussi supérieure aux humains que les *cralmacs* leur sont inférieurs). En tout cas, il est certain qu'aucun Terrien ne le sait ; et j'ai eu plus d'occasions de m'en assurer que beaucoup d'autres.

Absorbé par son intérêt pour les non-humains, Barron ne prêta pas tout de suite attention à cette dernière phrase, puis il comprit soudain.

— *Tu es* terrien ?

— A ton service. Je m'appelle Larry Montray ; ici, on m'appelle Lerrys parce que c'est plus facile à prononcer pour eux, c'est tout.

Soudain, Barron se sentit furieux.

— Et tu m'as laissé parler avec toi en ténébran !

— Je me suis proposé comme interprète, dit Larry. A ce moment, j'avais juré à Valdir de ne révéler à personne que j'étais terrien.

— Et tu es son pupille ? Son fils adoptif ? Comment ça se fait ?

— C'est une longue histoire, dit Larry. Un autre jour, peut-être. En deux mots, son fils Kennard fait ses études sur Terra et habite dans *ma* famille, et moi, je vis ici avec la sienne (1).

Il se leva.

— Regarde, Gwynn nous cherche ; je crois qu'il faut repartir. Nous voulons arriver à la tour de guet demain avant la nuit, si possible — nous devons relever les guetteurs — et la route est longue.

Cela donna beaucoup à réfléchir à Barron quand ils se remirent en route ; ses réflexions revenaient avec une insistance qu'il ne comprenait pas — comme si, tout au fond de son esprit, un observateur secret ne cessait de revenir à cette idée.

Un Terrien peut passer pour un Ténébran. Un Terrien peut passer pour un Ténébran. Un Ténébran peut se faire passer pour un Terrien. Un Terrien peut passer pour un Ténébran. Dans ces montagnes, où l'on n'a jamais vu de Terriens, un Terrien voulant se faire passer pour Ténébran n'aurait rien à craindre des humains, et n'attirerait pratiquement pas l'attention des non-humains...

---

(1) Voir *L'Etoile du danger,* Presses Pocket, n° 5290.

Barron secoua la tête. *En voilà assez.*

Les montagnes locales ne l'intéressaient pas, sauf pour y exécuter son travail, rentrer en grâce auprès du Service et retrouver son emploi, ou un emploi similaire, et repartir de zéro sur une autre planète, dans un astroport quelconque. *Si ça amuse Larry ou Lerrys de vivre dans une drôle de famille de télépathes et d'en apprendre plus que personne sur les non-humains, grand bien lui fasse; chacun prend son plaisir où il le trouve. Et j'en ai connu, des phénomènes!*

Mais pour lui, rien à faire.

Il se raccrocha à cette idée toute la journée, ignorant obstinément la beauté des fleurs bordant le sentier, dédaignant les tentatives amicales de Larry pour renouer la conversation. Vers le soir, comme la montée se faisait plus dure, Colryn se mit à tuer le temps en chantant une légende indigène d'une belle voix de basse, mais Barron avait la tête ailleurs; il ferma les yeux et lâcha la bride à son cheval, qui connaissait la route mieux que lui.

Le bruit des sabots sur le sentier, le lent balancement de la selle, l'obscurité à l'abri de ses paupières fermées, tout cela finit par l'hypnotiser, puis lui parut étrangement familier; il lui semblait normal de chevaucher les yeux fermés en se fiant à son cheval et de laisser ses autres sens percevoir plus intensément l'odeur des fleurs et des conifères, la poussière de la route, les effluves musqués d'un animal invisible dans les fourrés. Quand Lerrys le rejoignit, il garda les yeux fermés, et, au bout d'un moment, Lerrys éperonna son cheval et rattrapa Colryn qui continuait à chanter à voix basse. Mystérieusement, Barron reconnut que le chanteur attaquait maintenant les premières mesures de la longue *Ballade de Cassilde*.

Comme elle sonnait étrangement, sans l'accompagnement à la harpe à eau. Allira la jouait et la chantait à ravir, bien que ce fût plutôt un chant convenant à une voix masculine :

> Les étoiles se miraient sur le sable des rives ;
> Obscure, obscure était la lande aux sortilèges ;
> Muette comme le nuage, ou la vague, ou la
> [pierre,
> Fille de Robardin, elle allait toute seule.
> Un réseau d'or emprisonné entre ses mains
> Flamboyait clair sur le fuseau resplendissant ;
> Désertes s'étendaient les terres des mortels,
> Hastur ayant quitté les Sphères de Lumière.
> Puis, chantant sa chanson comme un oiseau
> [caché...

Il perdit le fil des paroles en entendant l'appel lointain d'un faucon et le cri étranglé d'un animal blessé dans les fourrés. *Il était là, il était libre, et derrière lui ce n'était que ruine et mort.*

Le chant continua, doux et lancinant :

> Main tendue aux deux femmes, il entra chance-
> [lant
> Dans la grand'salle enfouie au pied de la [mon-
> tagne
> Où Alar entretient la flamme enténébrée
> Qui s'aviva d'un coup à l'appel de Cassilde...
> Et comme son éclat allait s'affaiblissant
> Pour aboutir au jour plus pâle de la mort,
> Cassilde laissa là son rouet scintillant,
> En sa main disposa une fleur étoilée ;
> Alors sur lui tomba le destin des mortels :
> Dressé, il embrassa la pucelle de chair ;
> Les fils d'or reposaient, sur le métier mêlés...

L'esprit ennuagé d'un rêve étrange, il écouta chanter l'amour de Cassilde, la douleur de Camilla, la passion d'Hastur et la traîtrise d'Alar. *Ce doit être étrange d'être Comyn et de se savoir descendant du Dieu...*

Un ou deux parents divins, voilà ce qu'il me faudrait en ce moment !

Que sont vraiment ces anciens dieux ? Les forgerons disaient que Sharra venait visiter leurs feux — et ils ne parlaient pas de l'esprit du feu ! Les anciens télépathes pouvaient éveiller des forces aussi supérieures à ma forme-oiseau ou aux boucliers de feu que ceux-ci sont supérieurs aux couteaux des Hommes des Routes et des Arbres !

— Barron, ne t'endors pas maintenant, mon vieux ; le sentier devient dangereux !

La voix de Gwynn pénétra son rêve, et Barron s'éveilla en sursaut. Etait-ce une nouvelle hallucination ? Non, seulement un rêve.

— Je dois m'être endormi, dit-il en se frottant les yeux.

Gwynn gloussa.

— Et quand je pense qu'il y a seulement cinq jours, tu n'étais jamais monté à cheval. Tu apprends vite, étranger. Compliments ! Mais ici, tu ferais bien d'ouvrir l'œil ; le sentier devient étroit et difficile, et tu as sans doute plus de jugement que ta monture — malgré le proverbe qui dit : « En montée, laisse ton cheval agir à sa guise. »

Du geste, il montra des abîmes de mille mètres de chaque côté du col.

— Il faudrait essayer de passer et de descendre dans la vallée avant la nuit. Il y a des Ya-men dans ces montagnes, et peut-être aussi des banshees ; et bien qu'il n'y ait aucun signe avant-coureur de Vent Fantôme, je ne suis pas pressé d'en rencontrer.

Barron allait lui demander ce que c'était, mais se ressaisit. *Au diable, je m'en moque ; je ne suis déjà que trop empêtré dans cette affaire, et Gwynn et les autres sont là pour me protéger.*

Il n'avait aucune raison de penser à ces prétendus

dangers, ni même de se demander en quoi ils consistaient.

Néanmoins, le malaise des autres le contamina, et il les rattrapa à l'approche du col. Il fut presque déçu quand ils le passèrent sans encombre et abordèrent la descente.

Le soir, ils campèrent dans la vallée sous un dais de branches gris-bleu, qui sentaient le poivre et la pluie, et il y eut moins de chants et de conversations que d'habitude. Barron attendit le sommeil dans ses couvertures en écoutant la pluie quotidienne glisser sur les feuillages touffus, envahi par une appréhension qu'il n'arrivait pas à dominer. *Quelle planète infernale ! Pourquoi faut-il que je m'y trouve coincé ?*

Il avait déjà oublié la fascination et le ravissement de la première partie du voyage, dans les collines. C'était là cette étrangeté intérieure dont il ne voulait plus entendre parler.

Ils arrivèrent à la station de guet tard le lendemain. Barron, déballant ses affaires dans la grande chambre bien aérée qui lui avait été attribuée, reconnut à contrecœur que Valdir n'avait rien épargné pour le confort de son hôte.

Il y avait beaucoup de coffres et d'étagères pour ses outils, des établis bien éclairés — les lampes à pression produisaient une lumière étrangement vive à partir des combustibles rudimentaires extraits des résines et des huiles des arbres locaux. Par la grande fenêtre de verre blanc — matériau rare sur Ténébreuse, assez peu recherché, et prévu à l'évidence pour le confort du Terrien —, il avait une vue magnifique sur un panorama de montagnes où les chaînes succédaient aux chaînes, couvertes de forêts. Tandis qu'il regardait l'énorme soleil de Ténébreuse se coucher derrière un pic — les sommets étaient si élevés que le soleil disparaissait bien avant la formation du brouillard nocturne —, Barron se sentit une fois de plus effleuré par cette force qui faisait battre son cœur ; mais, par un violent effort de volonté, il se retint d'y succomber et sortit explorer la station.

Construite en haut du plus haut pic, elle dominait — même sans monter dans la tour de guet — un panorama de forêts s'étendant à perte de vue. Barron compta quinze villages, tous abrités dans une vallée, tous composés de quelques toits. A cette distance, il comprenait l'utilité d'un télescope ; la vue s'étendait si loin qu'elle se perdait dans la brume impénétrable à l'œil nu, et qui pouvait facilement dissimuler une plume de fumée. Il voyait même les toits lointains d'Armida, et, très haut dans les montagnes, une flèche pâle qui pouvait appartenir à un château.

— Avec tes lentilles, lui dit Larry, le rejoignant à la porte, nous verrons les feux de forêt dès qu'ils prendront naissance, et nous pourrons sauver nos arbres. Regarde, poursuivit-il, montrant une lointaine montagne, au flanc vert balafré de noir. Ça a brûlé il y a cinq ans ; l'incendie a fait rage pendant un jour ou deux, mais bien que sept villages se soient réunis pour le combattre, nous avons perdu je ne sais combien de kilomètres carrés de bon bois de construction et de résineux. Notre station pourra aussi donner l'alarme en cas d'attaque de bandits.

— Comment donnez-vous l'alarme ? Il n'y a pas de sirènes ici, ni rien d'autre.

— Nous avons des cloches, nous allumons des signaux... dit Larry, montrant une pile de bois sec soigneusement isolée derrière un fossé plein d'eau. Et nous avons aussi un instrument pour faire des signaux à distance — je n'ai jamais su quel était son nom en terrien.

Il montra à Barron des plaques de métal luisant.

— Naturellement, on ne peut s'en servir que quand il y a du soleil.

— C'est un héliographe, dit Barron.

Il craignait de se sentir comme un poisson hors de l'eau, mais les premiers jours se passèrent bien. Il y avait six hommes à la station de guet, chacun pour une période de quinze jours, et relevés par moitié toutes les semaines. Pour le moment, c'est Gwynn qui commandait. Larry semblait être en surnombre, et Barron se demanda s'il était venu en qualité d'interprète ou pour surveiller l'étranger. Une remarque de Gwynn laissait plutôt supposer que Larry était là pour apprendre le commandement de la station, ce qui faisait partie des devoirs incombant aux fils des grandes familles locales. Colryn était là en qualité d'assistant de Barron, pour apprendre le polissage des lentilles et devenir capable d'enseigner à tous les guetteurs intéressés la fabrication et l'utilisation de ces instruments.

D'après les conférences d'orientation qu'il avait suivies des années plus tôt, Barron savait que Ténébreuse était un monde sans technologie complexe, et il ne pensait pas que les Ténébrans mordraient très bien à son enseignement. Il s'étonna donc de la vitesse avec laquelle Colryn et les autres apprirent les rudiments de l'optique, les propriétés de la lumière reflétée et réfractée, et, plus tard, la technique du polissage. Colryn, surtout, absorba très vite le vocabulaire technologique et les techniques scientifiques ; Larry aussi, qui assistait aux leçons quand il n'était pas en patrouille, mais ce n'était pas une surprise pour Barron, car Larry était terrien et semblait avoir reçu les rudiments d'une instruction terrienne. C'est Colryn qui l'étonnait.

Il le lui dit un après-midi qu'ils travaillaient dans l'atelier du haut ; il venait de montrer au jeune homme comment installer et ajuster un appareil complexe pour le polissage des lentilles et comment vérifier les instruments de mesure.

— Tu sais que tu n'aurais pas eu besoin de moi, dit-il. Tu étais capable d'apprendre tout seul avec quelques manuels. Valdir aurait pu s'épargner la peine de me faire venir ; il n'avait qu'à acheter les livres et les appareils dans la Zone terrienne et te les envoyer.

Colryn haussa les épaules.

— Il aurait d'abord fallu qu'il m'apprenne à les lire.

— Tu parles un peu le terrien standard ; tu n'aurais pas eu beaucoup de mal à apprendre. D'après ce que j'en sais, l'alphabet ténébran n'est pas très éloigné de l'alphabet terrien.

Cette fois, Colryn éclata de rire.

— Je ne sais pas. Si je savais déjà lire ma langue, je pourrais peut-être lire le terrien standard. Je n'y ai jamais pensé.

Barron le dévisagea, stupéfait ; Colryn *semblait* pourtant assez intelligent ! Il regarda Larry, s'attendant à le trouver consterné de cette ignorance barbare, mais Larry se contenta de froncer légèrement les sourcils, et répondit, presque réprobateur :

— Sur Ténébreuse, nous n'avons pas ce respect fétichiste pour l'instruction livresque.

Soudain, il se sentit jugé, et de nouveau étranger parmi les autres. Il ricana, presque agressif :

— Alors, comment faites-vous pour apprendre quoi que ce soit ?

Il vit que Colryn faisait un violent effort pour rester patient et courtois envers l'étranger grossier, et il eut honte.

— Eh bien, j'apprends pourtant, non ? dit Colryn. Bien que je ne porte pas de sandales, et que je ne m'use pas la vue sur des livres !

— Tu apprends, c'est certain. Pourtant, vous n'avez pas de système éducatif ?

— Sans doute pas au sens où tu l'entends, dit Colryn. Nous ne nous soucions pas d'apprendre à lire, à moins d'appartenir à la classe qui y consacre tout son temps. Nous avons constaté que trop lire abîme les yeux — ne m'as-tu pas dit, il y a quelques jours, qu'environ quatre-vingts pour cent des Terriens ont une vue imparfaite et portent de fausses lentilles pour corriger leur vision ? Pour moi, il serait plus logique de faire faire à ces gens des travaux n'exigeant pas tant de lectures — de plus, prendre trop de notes nuit à la mémoire ; on oublie ce qu'on peut retrouver par écrit. Alors, quand je veux apprendre une chose, pourquoi ne pas faire appel à quelqu'un qui peut me montrer comment l'exécuter correctement, sans l'intermédiaire du symbole imprimé ? Avec un livre, je pourrais buter sur un point et tout faire de travers, tandis que si je fais une erreur devant toi, tu me corriges immédiatement, et la technique passe dans mes mains qui se souviendront toujours des façons de faire.

Peu convaincu, Barron abandonna la discussion. Les arguments étaient singulièrement cohérents pour quelqu'un qu'il devait reclassifier dans les illettrés. Cela ébranlait son système de pensée ; c'était trop éloigné de sa formation en matière de communication. Colryn dit, essayant à l'évidence de voir les choses du point de vue de l'interlocuteur :

— Oh, je n'ai pas dit que la lecture était mauvaise en soi ; si j'étais sourd ou infirme, je suis certain que je la trouverais utile...

Bien entendu, cela ne calma pas Barron.

Pour rien au monde il n'aurait voulu avouer ce qui le tourmentait vraiment en cet instant. Ses mains continuèrent, avec une habileté presque automatique, à ajuster l'appareil de polissage et à le connecter au petit générateur éolien. Pendant que Colryn parlait, la discussion lui avait paru *familière*. Comme s'il l'avait déjà entendue ailleurs, dans une autre vie ! Dans un accès d'humour noir, il pensa que si ça continuait, il allait finir par croire à la réincarnation !

Sa vue se brouilla, les couleurs se mélangèrent et dessinèrent des taches et des formes inconnues. Il regarda l'appareil qu'il avait à la main comme s'il ne l'avait encore jamais vu. Il retourna avec curiosité la broche fourchue. Qu'est-ce qu'il devait en faire ? Puis sa vision redevint claire ; il fixait farouchement Colryn, et Colryn lui parut bizarre.

Les couleurs étranges reparurent et sa vue s'éteignit ;

il se trouvait debout sur une montagne, contemplant au-dessous de lui une scène de ruine et de carnage dans un concert de hurlements et de cliquetis d'épées. La vision s'estompa, et il se retrouva une fois de plus devant un brasier au milieu duquel se dressait une femme aux cheveux de flammes, souriante, comme une autre aurait souri sous une cascade. Puis elle disparut, remplacée par une haute silhouette féminine, couronnée de feu et liée par des chaînes d'or...

— Barron !

Le cri pénétra jusqu'à sa conscience ; il revint brièvement à lui en se frottant les yeux, et vit Colryn et Lerrys qui le regardaient, consternés. Lerrys lui prit un objectif des mains juste comme il s'écroulait par terre.

Quand il reprit connaissance, un filet d'eau coulait dans sa gorge, et Colryn et Lerrys, debout au-dessus de lui, l'observaient, troublés et inquiets.

— Je crois que tu as trop travaillé, s'excusa Colryn. Je n'aurais pas dû avoir cette discussion avec toi. Vous avez vos coutumes, et nous avons les nôtres. Tu as souvent des attaques de ce genre ?

Barron secoua la tête. La discussion ne l'avait pas contrarié à ce point, et si Colryn suggérait que son état s'expliquait par une crise d'épilepsie, c'était sans doute plus rassurant que la réalité. Peut-être souffrait-il d'une atteinte au cerveau ? *Enfin, tant que ça se passe ici dans les montagnes ténébranes, au moins je ne risque pas de causer une collision entre deux vaisseaux spatiaux !*

Colryn acceptait peut-être son hypothèse, mais, à l'évidence, Lerrys était d'un autre avis. Il renvoya Colryn, prétextant que Barron n'aurait guère envie de travailler avant le lendemain ; puis il se mit à ranger lentement les appareils d'optique. Barron voulut se lever pour l'aider, mais il lui fit signe de ne pas bouger.

— Je me débrouillerai ; je sais où tu les mets. Barron, que sais-tu de Sharra ?

— Rien — moins que rien. A toi de me le dire.

Ce n'est vraiment pas commode de vivre avec un télépathe.

— Je ne sais pas grand-chose moi-même. C'est une ancienne déesse des forgerons. Mais sur Ténébreuse, les dieux et les déesses sont plus qu'une image à laquelle on dit des prières et pour laquelle on brûle de l'encens. Ils semblent être réels — je veux dire, tangibles.

— Ça ressemble à des contes de bonne femme.

— Je veux dire, ce qu'ils appellent des dieux, nous l'appellerions des forces — des forces réelles, tangibles, qu'on peut toucher. Par exemple, Sharra. Je ne sais pas grand-chose sur elle. Les Ténébrans, et surtout les Comyn, n'aiment pas parler de son culte. Il est interdit depuis très longtemps ; on le trouvait trop dangereux. Il semblait comporter des sacrifices humains, ou quelque chose d'approchant. Les forgerons évoquaient Sharra, à l'aide de talismans ou d'objets concentrant les forces. Je ne sais pas comment ils faisaient, mais Sharra extrayait pour eux les minerais de la montagne.

— Tu es terrien et tu crois ces sornettes ? Larry, ce sont des légendes comme il y en a sur toutes les planètes de l'Empire.

— Des légendes, tu parles ! dit Larry. Je te l'ai dit, je ne crois pas que ce soient des dieux au sens où nous l'entendons. Ils peuvent être des formes de… enfin, des entités ou des êtres… peut-être venus d'une autre dimension. Pour ce que j'en sais, ils pourraient être une race de non-humains invisibles. Valdir m'a un peu parlé de l'interdiction du culte de Sharra — ça s'est passé ici, dans les montagnes. Les siens, les Alton et les Hastur, y ont beaucoup contribué ; ils ont dû aller confisquer partout les talismans de Sharra pour que les forgerons ne puissent plus évoquer ces forces. Entre autres dangers, je crois que parfois ils n'arrivaient plus à contrôler leurs feux qui provoquaient des incendies de forêts.

— Des talismans ?

— Des pierres — ils disent des pierres-matrices — des cristaux bleus. J'ai un peu appris à m'en servir ; crois-moi, ils sont étranges. Si tu n'as ne serait-ce qu'un don télépathique rudimentaire, tu concentres sur eux tes pensées et ils... enfin, ils font des choses. Ils peuvent soulever des objets — c'est de la psychokinèse, — créer des champs magnétiques, établir des champs de force qui, par exemple, ferment si bien les serrures que personne ne peut plus les ouvrir, sauf en utilisant la même matrice. Ma sœur adoptive pourrait t'en parler mieux.

Larry avait l'air angoissé.

— Valdir doit savoir que les images de Sharra te parviennent, à toi, Terrien. Il faut que je l'envoie chercher, Barron.

Barron secoua violemment la tête.

— Non ! Ne dérange pas Valdir pour ça. C'est mon problème.

— Ce n'est pas un dérangement. Valdir a besoin d'être au courant. Valdir est Comyn. Il *doit* savoir que ces choses ont recommencé dans les montagnes. Ce pourrait être dangereux pour nous tous, et surtout pour toi.

Il eut un sourire troublé.

— Je t'ai donné mon couteau, ce qui vaut un serment, dit-il. Il faut que j'agisse en ami, que ça te plaise ou non. J'enverrai chercher Valdir ce soir.

Il referma la caisse et se retourna pour sortir.

— Tu ferais bien de te reposer ; il n'y a pas de travail urgent, et je dois aller en patrouille, dit-il. Ne t'inquiète pas ; cela n'a sans doute rien à voir avec toi. A l'évidence, tu as capté quelque chose qui rôde dans ces montagnes, et Valdir saura quoi faire.

Il s'arrêta à la porte et dit d'un ton pressant :

— Je t'en prie, crois que nous sommes tes amis, Barron.

Et il sortit.

Resté seul, Barron s'allongea sur le grand lit qui

embaumait les aiguilles de pin constituant la paillasse. Il se demanda pourquoi il tenait tant à ce qu'on n'envoyât pas chercher Valdir. Il entendit Larry s'éloigner avec la patrouille ; il entendit Colryn chanter en bas ; et il entendit le vent se lever et souffler des hauteurs. Il se leva et alla à la fenêtre. En bas, dans les vallées et les collines, se trouvaient des villages d'humains sans défense, des nids de non-humains dans les forêts les plus épaisses et impénétrables, des oiseaux et des bêtes sauvages ; ils seraient plus en sécurité, mieux protégés des incendies de forêts et des bandits — hommes-chats, non-humains, sans parler des terribles Ya-men. Il contribuait à cette tâche, il faisait du bon travail, alors pourquoi avait-il cette impression d'urgence et de désespoir de rester oisif, pendant qu'autour de lui un monde tombait en ruine ? Désorienté, il se couvrit les yeux.

Tout était silencieux dans la station. Il savait que dans la tour, le guetteur, portant l'uniforme noir et vert réglementaire, scrutait les alentours à la recherche du moindre signe avant-coureur d'incendie ; les résineux, malgré les pluies quotidiennes, étaient si volatils qu'un éclair inattendu pouvait les enflammer. Il n'entendait que le vent, qui jamais ne changeait ni ne cessait. En ce moment, Barron l'entendait à peine. Et pourtant, il y avait quelque chose — quelque chose dans le vent...

Il se raidit, ouvrit la fenêtre et se pencha, fermant les yeux pour mieux se concentrer.

C'était presque imperceptible, sauf pour des sens aussi aiguisés que les siens — presque perdu dans la forte odeur des résines — une faible et douce odeur, presque imperceptible, portée par le vent...

Le Vent Fantôme ! Le pollen d'une plante qui fleurissait irrégulièrement à des années d'intervalle se dispersait en quantités énormes, répandant son odeur et ses propriétés hallucinogènes depuis les vallées jusque sur les sommets ; heureusement rare, il provoquait l'euphorie et une bizarre ivresse, et, quand on en respirait trop, des dommages cérébraux chez les hommes. Il libérait les instincts animaux, rage, peur et colère, envoyant les hommes se blottir en tremblant dans les coins ou délirer dans les montagnes. Mais il affectait encore plus les non-humains, pénétrant plus profond dans leurs cerveaux étranges, libérant des pulsions très anciennes et terribles... Les hommes-chats hurlaient, frappaient et tuaient à plaisir, et les Ya-men — quand le Vent Fantôme atteignait les Ya-men...

Il agit très vite. Maintenant, il n'était plus Barron ; il n'avait plus conscience de lui-même, il ne savait plus qui il était ni ce qu'il était, il savait seulement qu'il devait prévenir ses camarades, prévenir les villageois. L'odeur était trop légère, un nez ordinaire ne la percevrait pas avant deux ou trois heures, et à ce moment, la patrouille serait trop loin de la station pour faire demi-tour, et les non-humains sortiraient battre la campagne. Le temps que l'odeur du Vent Fantôme soit assez forte pour affecter les humains, il serait trop tard pour chercher un refuge.

Sa vue se brouillait. Il ferma les yeux pour mieux laisser ses pieds trouver leur chemin tout seuls, et il descendit en courant. Il entendit quelqu'un l'appeler en une langue inconnue, mais il le bouscula et continua à courir.

Le signal. Il fallait allumer le signal ! Il ne connaissait pas les systèmes d'alarme, mais le signal donnerait sans doute l'alerte. Un feu brûlait dans la salle commune, il en sentait la chaleur sur son visage. Il se baissa, prit une bûchette allumée à un bout et calcinée à l'autre, et se remit à courir, franchissant la porte, traversant le sentier et la pelouse, manquant tomber dans le fossé entourant le signal, et jetant sa torche dans le bois sec qui s'enflamma immédiatement en une haute colonne de feu montant vers le ciel. Quelqu'un lui hurlait des reproches, des mains s'emparaient de lui, Colryn lui demandait en le maintenant d'une poigne de fer :

— Barron, tu es fou, bon sang ! Tu vas mettre toute

la campagne en révolution ! Si tu étais ténébran, tu serais pendu pour avoir donné une fausse alerte !

— Fausse alerte... (suivit un juron atroce). Le Vent Fantôme ! Je l'ai senti ! D'ici la nuit, il sera partout !

Pâlissant, Colryn le regarda fixement.

— Le Vent Fantôme ? Comment le sais-tu ?

— Je l'ai senti, je te dis ! Qu'est-ce que vous faites, ici, pour prévenir les gens de se mettre à l'abri ?

Colryn le regarda, ne le croyant qu'à moitié, mais ébranlé par sa sincérité évidente.

— Le signal les préviendra, dit-il, et je peux leur faire des signaux avec le miroir, après quoi ils sonneront les cloches dans les villages. Nous avons un bon système d'alarme. Je crois toujours que tu es fou, car je ne sens rien du tout, mais tu peux avoir un nez meilleur que le mien. Et je ne veux pas prendre le risque de laisser le Vent Fantôme — ou les Ya-men — nuire à quiconque.

Il fit dévier Barron de son chemin.

— Regarde où tu vas ! Bon sang, qu'est-ce que tu as ? Tu es *aveugle ?* Tu vas tomber dans le fossé !

Puis il planta là le guetteur de vents et courut à la station chercher le miroir. Les yeux fermés, Barron écoutait les crépitements du signal, humait l'odeur âcre du bois brûlé, et, à travers elle, le parfum plus distinct du Vent Fantôme qui venait des sommets.

Au bout d'un moment, il se retourna, et, d'un pas chancelant et mal assuré, rentra dans la station. Colryn, dans la tour, faisait des signaux lumineux. Paradoxalement, ce qui étonnait le plus Barron, c'est qu'il n'était pas étonné de ce qu'il faisait ; il avait la vague impression d'une double personnalité, le même genre de conscience divisée qu'il avait ressentie une ou deux fois, comme s'il était entre deux eaux.

L'heure qui suivit ne fut que confusion : cris et hurlements, cloches qui commençaient à carillonner dans les villages, les guetteurs courant en tous sens, exécutant des tâches qu'ils ne prenaient pas la peine de lui expliquer. Il ferma les yeux pour endiguer la sensation de chaos et se tint à l'écart. Il lui semblait naturel de rester assis tranquillement pendant que tous les autres s'agitaient ; il avait fait sa part. Des hommes montèrent le sentier en toute hâte, puis il réalisa que Larry était rentré et se dressait devant lui au côté de Colryn.

— Que s'est-il passé ?
— Il a senti le Vent Fantôme, dit sèchement Colryn.
— Et juste à temps, dit Larry. Remercions les dieux d'avoir été prévenus. Je commençais à peine à me demander si j'avais senti son odeur quand j'ai entendu les cloches et que j'ai donné l'ordre de rentrer ! Mais l'odeur est encore si faible que je la perçois à peine ! Comment as-tu su ? demanda-t-il.

Barron ne répondit pas, mais se contenta d'un signe de tête. Au bout d'un moment, Larry s'éloigna.

Il pensa : *j'ai fait une folie ; avant, ils soupçonnaient seulement que j'avais quelque chose d'étrange ; maintenant, ils en sont sûrs, et s'ils ne comprennent pas, Valdir, lui, comprendra. Valdir est Comyn, et il saura exactement ce qui est passé.*

Je me moque de ce qu'ils feront au Terrien, mais moi, je dois m'échapper. J'aurais dû garder le silence et disparaître dans la confusion provoquée par le Vent Fantôme.

Mais je ne pouvais pas les laisser tous exposés à ce danger ; et Lerrys aurait été pris en pleine montagne. Je lui dois quelque chose. Il y a une lame entre nous.

Ce soir, rien d'humain n'osera circuler dans ces montagnes. Il faut que je reste discret, sans rien faire pour attirer l'attention sur Barron jusque-là.

Et alors — alors il faut que je sois parti, parti depuis longtemps, avant l'arrivée de Valdir !

8

LES nerfs tendus à se rompre par cette bizarre sensation de double conscience, il observa pendant ce qui lui parut une éternité, tous les sens en alerte, essayant de ne pas attirer l'attention. Il se tint à l'écart tandis que tous les autres s'agitaient autour de lui, fermant toutes les ouvertures, toute la station et la tour qui retentissaient d'ordres et de cris. D'instant en instant, l'odeur écœurante se faisait plus forte, et il eut l'impression qu'elle pénétrait par son nez jusqu'à son cerveau, rongeant son humanité et sa détermination.

Les autres n'étaient pas non plus indemnes ; à un certain moment, Colryn s'arrêta de clouer les volets, s'accroupit, la tête dans les bras, comme en proie à une douleur terrible, et se mit à gémir doucement. Gwynn, qui traversait la salle, le vit, s'approcha, s'agenouilla près de lui, lui entoura les épaules de son bras et lui parla à voix basse et rassurante ; alors, Colryn secoua violemment la tête comme pour se débarrasser de quelque chose. Puis il se releva, balança les bras, remercia Gwynn et reprit son travail.

L'homme qui pour le moment pouvait être Dan Barron ou un autre (il n'en était pas sûr) resta où il était, s'efforçant de se maîtriser ; mais le vent l'affectait aussi. A mesure que l'odeur du Vent Fantôme devenait plus forte, d'étranges images tourbillonnaient dans sa tête — souvenirs immémoriaux chargés de peur, d'horreur, de désirs effrayants. Une fois, il se redressa en sursaut, après avoir rêvé tout éveillé que, penché au-dessus d'un homme, il lui déchirait la gorge à coups de dents. Il frissonna, se leva et se mit à arpenter fiévreusement la salle.

Quand tout fut bien barricadé, ils allèrent dîner, mais personne ne mangea beaucoup. Tous gardaient le silence, tourmentés par le hululement du vent qui leur déchirait les oreilles et les nerfs, et par les vagues images hallucinatoires tourbillonnant dans leurs têtes et dans leurs yeux. Barron ferma les paupières. C'était plus facile à supporter comme ça, sans la distraction familière des choses de la vue.

Au milieu du repas, le glapissement lointain commença ; hurlements et glapissements aigus stridents, grimpant toujours plus haut dans les fréquences audibles, et qui semblaient persister alors même qu'ils ne l'entendaient plus.

— Les Ya-men, dit Gwynn, nerveux, lâchant son couteau qui cliqueta sur la table.

— Ils ne peuvent pas entrer dans la station, dit Colryn d'un ton mal assuré.

Après quoi, ils feignirent de se remettre à manger, mais bien vite, abandonnant leurs assiettes encore pleines sur la table, ils retournèrent dans la grande salle bien barricadée. Les glapissements et hululements continuèrent — d'abord lointains et intermittents, puis continus et proches. Les yeux fermés, Barron vit mentalement un cercle de formes emplumées, écumantes et hurlantes, exécuter une danse démente autour d'un pic.

Colryn essaya de couvrir ce vacarme en se mettant à chanter, mais sa voix mourut avant la fin du premier vers.

La nuit se traînait. Au plus fort des ténèbres, on se mit à frapper et tambouriner à la porte, comme si une lourde forme se jetait, sans se lasser, sur le battant solidement barricadé, et retombait en arrière, en proie à une rage insensée. Une fois commencé, cela n'arrêta plus, et ils finirent par être tous à bout de nerfs.

Une fois, dans l'obscurité, Larry dit à voix basse :

— Je me demande à quoi ils ressemblent ? Dommage que les seules fois où ils sortent de leurs bois, ils soient comme fous — au point que nous ne pouvons pas communiquer avec eux.

— Je peux ouvrir la porte, si tu veux t'essayer à un peu de diplomatie non-humaine, dit Gwynn, ironique.

Larry frissonna et se tut.

— En haut, dans l'atelier, il y a une fenêtre de verre. De là, nous pourrions jeter un coup d'œil sur eux.

Gwynn refusa en frissonnant, de même que les autres gardes ; mais Colryn, Larry et Barron montèrent ensemble. Située à une grande hauteur, la fenêtre n'avait pas été barricadée. Ils n'allumèrent pas, sachant que la lumière aurait attiré les non-humains hurlant à l'extérieur. Ils s'approchèrent de la vitre, et s'abritant les yeux de leurs mains, regardèrent.

Barron pensait qu'il ferait très sombre, mais il y avait un beau clair de lune — c'était l'une de ces nuits rares où la pluie et la brume ne voilaient pas le ciel. Pourtant le vent charriait des tourbillons de poussière, à travers lesquels il vit les Ya-men.

Ils étaient immenses, hauts de neuf pieds au moins, et à première vue ressemblaient assez à des hommes, émaciés, avec des coiffures de plumes sur la tête. Puis il vit leurs visages. Ils avaient d'énormes têtes avec de grands becs d'oiseaux de proie, et ils se déplaçaient avec des mouvements à la fois rapides et maladroits, ressemblant aux mouvements des branches agitées par le vent à la lisière de la clairière. Ils étaient au moins trois douzaines, peut-être plus. Au bout d'un moment, par un accord tacite, les trois hommes se détournèrent de la fenêtre et redescendirent dans la salle.

Barron allait les suivre, mais il resta en arrière. De nouveau, cette étrange impression montait en lui.

Quelque chose comme un thermostat fonctionnant dans sa tête lui apprit que le Vent Fantôme tournait. Aucun changement dans le mugissement du vent ni dans les hululements des non-humains, mais il *savait*.

Ils seront partis bien avant l'aube. Le vent tombera et il commencera à pleuvoir. Seuls les fous et les désespérés voyagent la nuit sur Ténébreuse, sauf moi — mais peut-être suis-je fou et désespéré.

En bas, un énorme craquement et des cris lui apprirent que les non-humains avaient finalement éventré une défense avancée. Il ne descendit pas pour voir ; ça ne le concernait pas. En silence, avançant dans le noir comme un automate, il s'approcha des coffres contenant ses affaires. Otant les légers vêtements qu'il portait à l'intérieur, il enfila une culotte de cheval en cuir, une grosse chemise et une épaisse tunique. Il se glissa dans la chambre de Colryn et s'appropria sa cape de fourrure. Il avait une longue chevauchée devant lui et une cape le protégerait mieux qu'une veste. Il regrettait d'avoir à voler un cheval, mais s'il survivait, il le rendrait ou le paierait, et s'il mourait... il se remémora l'ancien proverbe des montagnes : « Quand vient l'éternité, tout est pardonné et compris. »

Il prêta l'oreille. Le vent tombait ; dans une heure, les Ya-men partiraient, une fois évanouie l'aveugle impulsion qui les avait amenés là ; ils reviendraient à eux, terrorisés, et retourneraient craintivement dans leurs grottes et leurs nids au plus profond des bois. *Les pauvres diables doivent se sentir aussi bizarres que moi.*

Les coups de boutoir du vent s'atténuaient, et les hurlements incessants s'espacèrent, et finirent par cesser. Une demi-heure plus tard, il entendit ses compagnons regagner le dortoir où ils couchaient. Quelqu'un cria :

— Barron, ça va ?

Il se pétrifia, puis se força à répondre d'une voix endormie et bougonne.

Quelques minutes plus tard, toute la station était

plongée dans un profond silence, rompu seulement par le ronflement des hommes et quelques bruissements de feuillages dans le vent retombé. Par la vitre, il vit que le brouillard se levait. La puie allait tomber, entraînant avec elle les dernières traces de pollen du Vent Fantôme.

Tout était silencieux, mais il attendit encore une heure, car un homme, troublé par la tension nerveuse et la peur, aurait pu se réveiller et l'entendre. Puis, avec d'infinies précautions pour ne pas faire craquer les marches, il descendit à pas de loup. Il prit quelques provisions abandonnées sur la table et s'en fit un paquet pour la route. Les portes étaient toujours barricadées, mais il n'eut aucun mal à ôter les barres.

Il était dehors, dans le froid mordant et l'obscurité de la nuit où se couchaient les lunes.

Il dut trouver un levier pour détacher les planches clouées sur la porte de l'écurie, et, afin de l'utiliser, troublé par le poids de l'outil dans sa main, il dut fermer les yeux et laisser ses réflexes intérieurs prendre la relève. Il remercia le ciel que l'écurie fût à quelque distance de la maison, sinon il aurait réveillé tout le monde, même ces dormeurs épuisés, et ils seraient descendus à la hâte en criant « au voleur ! ». Les planches déclouées, il se glissa à l'intérieur.

L'écurie était sombre, chaude, pleine de l'odeur accueillante et familière des chevaux. La bête le reconnut et hennit doucement, et il commença à lui parler à voix basse, rassurante :

— Oui, mon beau, nous avons une longue route devant nous, mais pas de bruit, compris ? Il faut partir en silence. Tu n'as pas l'habitude de voyager de nuit ? Moi si ; alors, ne t'inquiète pas.

Il n'osa pas se mettre en selle tout de suite. Conduisant son cheval par la bride, il descendit le sentier puis s'arrêta pour prendre des repères. Il était prêt ; fermant les yeux, il s'orienta. Il devait franchir les montagnes, passer le château qu'on voyait depuis la tour de guet, longer les méandres de la Rivière Kadarin, en évitant les Hommes des Routes et des Arbres. Alors la route de Carthon s'ouvrirait devant lui.

Il était chaudement vêtu ; il avait un bon cheval ; c'était celui de Gwynn, le meilleur de la station, l'un des meilleurs des légendaires écuries d'Alton. Gwynn ne ratait pas une occasion de proclamer que Valdir en personne l'avait dressé de ses propres mains. C'était un crime de le priver d'une pareille monture ; pourtant, « la nécessité peut transformer quiconque en voleur, même un Hastur », se dit-il sombrement. Et un autre proverbe lui vint à l'esprit : « Si tu veux voler un cheval, vole un pur-sang. »

Il était bien pourvu d'argent ; poussé par ses subtils encouragements, Barron avait demandé à Valdir de changer ses crédits terriens contre de la monnaie locale.

Il accorda une pensée à Barron. C'était presque dommage de faire cela au Terrien, mais il n'avait pas le choix. Sur Ténébreuse, et depuis l'époque du Pacte, un des crimes les plus graves consistait à s'emparer de l'esprit d'un autre. Ce n'était possible qu'avec un télépathe latent, mais sur Ténébreuse, les télépathes se gardaient soigneusement d'une telle invasion. Il avait espéré trouver un esprit débile, pour ne pas dérober son âme à un homme. Mais son esprit, errant dans le désespoir de la transe, délié des limitations de l'espace, avait contacté Barron...

Le Terrien est-il seulement humain ? En tout cas, qu'importe le sort de ces envahisseurs ! Barron est un intrus, un étranger — une proie permise.

Et que pouvais-je faire d'autre, aveugle et impuissant comme je suis ?

Au bas du sentier descendant de la station de guet, il sauta en selle. Le voyage commençait.

Un instant, confus, désorienté, Barron refit surface, comme remontant d'une plongée dans les profondeurs. Etait-ce encore une hallucination — chevauchait-il sur une route sombre, les lunes se couchant au-dessus de lui, un vent glacé sifflant à ses oreilles ? Non, ce n'était pas réel — où allait-il ? Et pourquoi ? Il frissonna de terreur, tirant sur les rênes.

Puis Barron redisparut dans des ténèbres insondables.

L'homme en selle éperonna son cheval ; à l'aube, il voulait être assez loin pour qu'on ne le reconnaisse pas de la station, n'être pour eux, s'ils le cherchaient, qu'un cavalier parmi d'autres vaquant à ses affaires. Il était très las, mais, comme s'il avait pris une drogue euphorisante, pas du tout endormi. Pour la première fois de sa vie protégée d'infirme, il n'était pas allongé sur son lit, impuissant, attendant qu'un autre agisse à sa place. Il agissait lui-même.

Il avait fait trois courtes pauses pour laisser souffler son cheval quand le grand disque rouge du soleil émergea au-dessus des montagnes. Il trouva une clairière abritée et entrava sa monture. Enroulé dans sa couverture, il dormit une heure, puis mangea un peu et repartit.

Il traversa des montagnes toute la journée, empruntant des sentiers peu connus — si Larry avait envoyé chercher Valdir, il ne voulait surtout pas le rencontrer. Valdir jouissait de tous les antiques pouvoirs des Comyn, auprès desquels les siens étaient inexistants. Valdir saurait immédiatement ce qu'il avait fait. Les Storn n'entretenaient aucun rapport avec les Comyn, qui ne viendraient certainement pas à son secours, même en cette extrémité. Il fallait se garder du Comyn.

Vers midi, le ciel s'assombrit, et Storn, levant les yeux, vit des nuages noirs s'amonceler sur les sommets. Il pensa à Melitta qui se dirigeait vers Carthon, venant de l'autre rive de la Kadarin, et se demanda avec désespoir si elle arriverait à passer les cols à temps. La neige devait déjà tomber sur les hauteurs ; et dans les montagnes, il y avait des bandits, des Hommes des Routes et des Arbres, et les terribles banshees qui chassaient tout ce qui vivait et pouvaient éventrer homme ou bête d'un seul coup de leurs terribles serres. Il ne pouvait rien pour Melitta maintenant. La seule chose qui fût en son pouvoir, c'était d'arriver lui-même sain et sauf à Carthon.

Sur la route, il ne rencontra personne de toute la journée, à part, de temps en temps, un fermier cultivant son champ, ou, dans les rares villages, quelques femmes bavardant dans les rues, entourées d'enfants aux joues roses. Personne ne fit attention à lui, sauf dans un village où il demanda un verre d'eau à une femme vendant des fruits au bord de la route ; il lui en acheta quelques-uns, et deux garçonnets s'approchèrent pour admirer son cheval, et lui demandèrent timidement s'il venait des élevages d'Alton, ce qui lui fit un choc.

Un Storn de Storn, fugitif et voleur.

Il dormit de nouveau dans les bois, roulé dans son manteau. L'après-midi du second jour, il entendit les pas d'un cheval, loin devant lui. Eperonnant sa monture, mais restant quand même à bonne distance pour ne pas être vu, et, peut-être, reconnu, il découvrit que le sentier débouchait sur une large chaussée, presque une grande route. Il devait approcher de la Kadarin. Maintenant, il voyait les cavaliers devant lui, longue file d'hommes grands et blonds, au visage farouche, en manteaux de coupes et de couleurs étranges. Seuls quelques-uns montaient des chevaux ; les autres chevauchaient de lourdes bêtes de bât à grands andouillers. Il les reconnut — c'étaient des Séchéens de Shainsa ou de Daillon, rentrant chez eux après avoir commercé dans les montagnes. Ils ne le reconnaîtraient pas, et sa présence les laisserait indifférents, mais, comme c'était la coutume en cette région, ils lui permettraient de voyager en leur compagnie moyennant une petite redevance, car toute personne ajoutée à leur bande était une protection supplémentaire contre les bandits ou les non-humains.

Il éperonna son cheval pour les rattraper, mettant au

point ce qu'il allait leur dire. Il était Storn du Château de Storn, et il n'avait plus rien à craindre.

Il pourrait voyager avec eux presque jusqu'à Carthon.

Maintenant, il était en sécurité. Il pria ardemment que Melitta ait autant de chance que lui — et qu'elle aussi soit en sécurité. Il n'osait pas laisser son esprit retourner à Storn, au château où son corps gisait en transe derrière le rideau de feu bleu, gardé par des champs magnétiques ; ce corps, il avait peur de le réintégrer. Il n'osait pas penser à Allira, jetée de force dans le lit d'un bandit, ni à Edric, blessé et prisonnier dans le donjon de son propre château.

De loin, il héla la caravane et vit les cavaliers s'arrêter.

9

Ils descendirent vers Carthon au milieu de la matinée, à l'heure où la chaleur du soleil commençait à dissiper le brouillard.

Ils avaient chevauché cinq jours au milieu des montagnes, puis des collines, et débouchaient maintenant dans la plaine où Carthon blanchissait, nichée dans un méandre de la Rivière Kadarin. La ville semblait remonter à des temps immémoriaux, avec ses maisons basses, comme nivelées par l'érosion. Région désertique et sans arbres, la première de ce genre qu'il voyait sur Ténébreuse. Les Séchéens, que l'appréhension rendait muets pendant la traversée des forêts et des montagnes, s'animèrent à la vue de leur antique cité et s'éclairèrent visiblement. Même leurs bêtes de bât accélérèrent l'allure, et un homme se mit à chanter une mélodie heptatonique dans un grossier dialecte guttural que Storn ne comprit pas.

Storn vivait dans la peur d'être découvert, l'impression de plus en plus nette qu'il était poursuivi, la douleur qu'il éprouvait sans cesse pour Melitta peinant dans la neige et les cols du Haut Kimbi, et pourtant ce voyage avait été magique. Pour la première fois de sa vie, il goûtait à la liberté et même à l'aventure ; il était traité en homme parmi des hommes, et non plus en invalide. Délibérément, il avait écarté ses craintes au sujet de sa sœur, sa compassion pour les souffrances endurées par Allira et Edric, et la culpabilité qu'il éprouvait lui-même pour avoir enfreint l'un des tabous les plus sévères de Ténébreuse — l'interdiction de s'immiscer dans l'âme d'un autre. Il n'osait pas penser à tout cela ; s'il laissait son esprit errer dans le passé ou l'avenir, il risquait de perdre le contrôle de l'homme qu'il avait dominé ; une nuit, comme il rêvait, Barron s'était réveillé, stupéfait et terrorisé, regardant autour de lui un environnement inconnu, au bord de la panique. Storn avait eu bien du mal à reprendre le dessus. Il sentait quelque part, à un niveau échappant à son contrôle — dans cette ultime forteresse de l'esprit humain où même un télépathe ou une Gardienne ne pouvaient pas pénétrer — que Barron l'observait et le défiait. Mais Storn gardait le contrôle. Maintenant, il se disait que, dans l'intérêt même de Barron, il devait continuer à rester le maître — les Séchéens ne laisseraient jamais la vie sauve à un Terrien. Il y avait peu de contacts entre Terriens et Ténébrans dans les plaines et les vallées ; mais encore moins dans les Villes Sèches. Beaucoup de Séchéens n'avaient jamais vu les villes de l'Empire, ils n'en avaient même pas entendu parler, et tout étranger entrant dans les Villes Sèches le faisait au péril de sa vie. Un homme d'outre-planète n'y aurait pas été en sécurité un seul jour.

Entrant dans Carthon, Storn réalisa que le plaisir du voyage allait inévitablement prendre fin. Carthon avait été abandonné depuis longtemps par les seigneurs des vallées, qui s'étaient retirés dans les montagnes quand la rivière avait changé son cours et que les plaines étaient devenues stériles. C'était un cimetière où s'entassaient les épaves d'une douzaine de civilisations. Storn y était venu deux fois dans son enfance avec son défunt père, bien longtemps avant d'hériter de ses domaines ; à cette époque, Carthon était devenu le repaire d'une demi-douzaine de bandes de mercenaires composées de bandits de montagne, de Séchéens renégats et de canailles de toutes sortes. Storn pensait engager une de ces bandes pour l'aider à libérer son château. Ce ne serait pas facile — Brynat avait eu du mal à gagner la partie, et un capitaine de cette envergure serait difficile à déloger — mais Storn avait un ou deux tours dans son sac, et de plus, il connaissait le château dans ses moindres recoins. Avec une bonne troupe de mercenaires, il espérait bien réussir à reprendre sa demeure.

Il avait demandé à Melitta de venir le rejoindre ici à un moment où il n'était pas sûr du contrôle qu'il arriverait à établir sur l'esprit de Barron. Il aurait pu l'envoyer seule, en conservant un simple rapport télépathique avec elle ; mais il ne savait pas si elle arriverait à maintenir un contact mental à grande distance pendant une période prolongée. Ce que Storn savait des anciens pouvoirs du *laran* était fragmentaire, appris par tâtonnements. Seule sa longue jeunesse d'aveugle-né lui avait donné le loisir et le désir de les explorer, sans le moindre professeur. Cette étude avait soulagé son immense ennui et atténué l'impression d'inutilité d'un handicapé dans une société révérant la force physique et l'action. Il savait qu'il avait déjà accompli de grandes choses pour un homme aussi handicapé, même dans les domaines où s'illustraient les hommes de sa caste : il montait à cheval, il pouvait escalader les montagnes presque sans aide ; et il administrait lui-même ses domaines, assisté de ses sœurs et de son frère. En fait — et ce n'était pas son moindre sujet de fierté, — il avait même su gagner et conserver la fidélité de son frère, dans une société où des rivalités acharnées opposaient les êtres du même sang et où il y aurait eu de bonnes raisons pour le reléguer au second plan, Edric prenant sa place. Jusqu'à l'apparition de Brynat, ils l'avaient trouvé fort et compétent. C'est le siège du château qui lui avait fait éprouver, pour la première fois, l'amertume et l'impuissance.

Il entrait en pleine possession des pouvoirs psychiques qu'il avait explorés. Son corps était hors d'atteinte des entreprises de Brynat, et il était libre de chercher de l'aide pour se venger, si la chose était possible.

Le soleil était haut et chaud dans le ciel quand ils passèrent les portes de Carthon, et il avait rejeté sa cape en arrière. Au premier coup d'œil, il trouva la ville très différente de tous les villages de montagne qu'ils venaient de traverser ; les sons et les odeurs y étaient singuliers. L'air même était particulier avec son fumet d'épices, d'encens et de poussière. Depuis sa dernière visite, des Séchéens de plus en plus nombreux devaient s'y être établis, sans doute attirés par l'eau de la rivière, ou peut-être — l'idée lui traversa l'esprit — parce qu'ils pensaient que les paisibles villageois des plaines et des vallées seraient ainsi à leur merci. Il écarta cette idée ; il n'avait pas le temps de s'en inquiéter pour le moment.

Malgré tout, il ressentait une certaine appréhension. Tout à coup, il était moins sûr de ses chances de trouver des secours dans une ville à prédominance séchéenne. Traditionnellement, ils avaient leurs propres préoccupations, leur propre culture ; il pouvait les offenser mortellement sans le vouloir par un mot dit au hasard. D'après ce qu'il avait vu et entendu en voyageant avec ses marchands, leur principale motivation consistait à marquer des points dans une incessante course au prestige. Aucun étranger ne pouvait espérer gagner à ce jeu, et Storn, chevauchant en leur compagnie, était resté ignoré d'eux, à peu près comme des joueurs absorbés par une partie passionnante ignorent le chat près du foyer.

C'était humiliant, mais c'était une garantie de sécurité. Il ne savait pas se battre au couteau, et selon leur code de l'honneur, l'homme qui ne pouvait pas se défendre contre ennemi ou ami était un homme mort.

Il avait peu de chances de trouver ici des mercenaires parmi les Séchéens. Mais bien qu'ils soient devenus prépondérants à Carthon, il y aurait peut-être encore des bandes montagnardes. Et puis les Séchéens eux-mêmes seraient peut-être tentés par la perspective de s'emparer des richesses de Brynat. Il était prêt à leur offrir tout le butin raflé par les brigands. Tout ce qu'il voulait, c'était la liberté de Storn et le droit d'en jouir en paix.

Ils avaient passé les portes de la ville, donnant leurs noms à des gardes barbus à l'air féroce ; Storn constata avec soulagement que certains portaient le costume des montagnes et parlaient un dialecte familier. Peut-être n'y avait-il pas seulement des Séchéens à Carthon. La cité était très étendue, contrairement aux villages montagnards, blottis derrière des murs protecteurs, et aux *forsts,* ces refuges forestiers abrités derrière de hautes palissades. Les ouvrages avancés semblaient peu gardés. Partout circulaient les grands Séchéens blonds, et les femmes parcouraient les rues poussiéreuses — minces Séchéennes vives et hâlées avançant dans le cliquetis des chaînes serties de pierreries enserrant leurs mains, restreignant leurs mouvements, et proclamant qu'elles appartenaient comme du bétail à un homme riche et puissant.

Sur la grande place de la ville, la caravane tourna vers le quartier est, et Storn se rappela que leur alliance finissait là. Désormais, il était livré à lui-même — seul, dans une région et une culture étrangères, où le moindre faux pas pouvait lui être fatal. Mais avant qu'il ait eu le temps de réfléchir, le chef de la caravane se tourna vers lui et dit d'un ton bourru :

— Etranger, n'oublie pas que tout nouveau venu arrivant dans nos villes doit d'abord payer ses respects à la Grande Maison. Va voir le seigneur Rannath librement, par courtoisie ; il sera mieux disposé à ton égard que si ses hommes doivent te traîner à son audience.

— Sois remercié pour cela, dit Storn, en la formule rituelle.

Décidément, se dit-il, les Séchéens avaient investi la ville en foule ; ces coutumes n'existaient pas quand il était venu à Carthon dans son enfance. Il songea amèrement que ce Seigneur Rannath, quel qu'il fût, s'était sans doute installé à Carthon comme Brynat à Storn, et avec la même autorité.

Mais peu lui importait qui gouvernait Carthon. Et à la Grande Maison, il apprendrait peut-être ce qu'il désirait savoir.

A Carthon, toutes les rues menaient à la place centrale. Impossible de ne pas reconnaître la Grande Maison, vaste édifice de pierre curieusement opalescent dressé au centre de la grande place. Des massifs de fleurs décoraient à profusion les cours extérieures, et dans les halls, Séchéens et Séchéennes évoluaient d'un pas dansant, comme au son d'une lente mélopée. Les femmes, insolentes sous leurs chaînes, lui jetaient de longues œillades et des sourires séduisants, murmurant des mots qu'il ne comprenait pas. Seul le mot *charrat*, souvent répété, lui étai familier. C'était une autre forme de *chaireth*, étranger. *Oui, étranger*, pensa-t-il, s'apitoyant brièvement sur lui-même, *et, pour l'instant, privé du temps et de la liberté de répondre à ces avances...*

Il pensait qu'on l'arrêterait pour lui demander ce qu'il faisait là, mais à l'évidence, les formalités n'existaient pas ici, ou, si elles existaient, elles lui étaient si étrangères qu'il ne les reconnut pas pour telles. Suivant la foule, il finit par arriver dans la salle principale, et réalisa que c'était l'heure des audiences.

Il régnait là une certaine élégance et un luxe rudimentaire, mais tout semblait nu et dépouillé ; cette salle était faite pour les riches tapisseries et les meubles luxueux de la noblesse des vallées. Le style séchéen superficiel donnait surtout l'impression qu'on l'avait pillée ; les fenêtres sans rideaux laissaient entrer une lumière dure, et il n'y avait pas de meubles, à part quelques coussins et, au centre, un grand fauteuil ressemblant à un trône à coussins d'or sur lesquels étaient posées une couronne et une épée. Le trône était vide. Un jeune homme au menton couvert d'un duvet blond trop clairsemé pour le rasoir était assis sur un coussin à côté du siège, en houppelande de fourrure et hautes bottes de cuir teint et délicatement brodé. A l'approche de Storn, il leva la tête et dit :

— Je suis la voix du Seigneur Rannath ; je m'appelle Kerstal. Ma maison est la Maison de Breystone. Y a-t-il jamais eu rivalités ou combat à mort entre nous ?

Storn chercha désespérément à se rappeler le peu qu'il savait des coutumes séchéennes. Il allait répondre solennellement en cahuenga, la *lingua franca* de Ténébreuse, quand il se ravisa. Se redressant de toute sa taille et prenant une profonde inspiration, il dit :

— Non, à ma connaissance ; je n'ai jamais entendu parler de votre maison, et, par conséquent, je ne l'ai jamais offensée, je n'ai jamais contracté de dettes envers elle et elle n'a aucune dette à mon égard. Je viens ici en étranger, ignorant de vos coutumes ; si j'y contreviens, ce sera involontairement, car je viens dans un esprit de paix. A mon dernier passage à Carthon, la Grande Maison était vacante ; je présente les respects que doit l'étranger — ni plus, ni moins. Si d'autres courtoisies sont requises, je vous prie de m'en informer.

Les femmes se tournèrent vers lui dans un cliquetis de chaînes, et un murmure étonné parcourut l'assistance. Kerstal parut un instant déconcerté par cette réponse inusitée. Puis il dit, avec un bref hochement de tête :

— Voilà les paroles d'un brave. Aucune offense donnée ou reçue. Pourtant, personne n'entre dans Carthon sans l'accord du Seigneur Rannath et de sa Maison. Qui est votre seigneur suzerain, et qu'est-ce qui vous amène ici ?

— Je n'ai pas de suzerain, étant un montagnard libre et n'ayant jamais prêté allégeance à personne, répondit fièrement Storn. Je n'appartiens qu'à moi, et chez moi, les hommes me sont fidèles selon leur propre volonté, et non par la contrainte.

Il lui vint à l'idée que l'orgueil le servirait mieux que n'importe quoi ici. Les Séchéens semblaient respecter l'arrogance ; s'il était venu en suppliant, ils auraient été capables de le chasser sans l'écouter.

— Ma maison est le Château de Storn, dans le domaine des Aldaran, anciens Seigneurs Comyn. Ce que je viens faire n'a rien à voir avec vous ; votre coutume exige-t-elle que je vous en informe ? Chez moi, un questionneur doit montrer que sa question n'est pas inspirée par la curiosité ou la malice ; s'il en est autrement ici, donnez-moi des raisons de respecter vos coutumes et je m'y conformerai.

Un nouveau murmure de surprise parcourut la salle, et Kerstal posa la main sur la garde de l'épée posée sur le trône encore vide, puis il fit une pause. Il se leva, et, d'une voix où la désinvolture avait fait place à la courtoisie, il dit :

— En l'absence de sang entre nous, *charrat* de la Maison de Storn, sois le bienvenu à Carthon. Aucune loi n'exige que tu révèles les affaires qui t'amènent, si elles sont vraiment personnelles — pourtant, toute question improncée restera à jamais sans réponse. Dis-moi ce qui t'amène à Carthon, et si je peux répondre honorablement, ce sera pour moi un plaisir de le faire.

Il eut une ombre de sourire, et Storn se détendit, sachant qu'il avait gagné. Les Séchéens estimaient par-dessus tout un contrôle de soi très strict. Si un Séchéen se détendait assez pour sourire, c'est qu'on n'était pas en danger avec lui.

— Ma maison ancestrale a été attaquée et assiégée par un bandit connu sous le nom de Brynat le Balafré, dit Storn. Je cherche des hommes et des secours pour retrouver ma maison, mon honneur et mon indépendance.

Il s'était servi du mot *kihar* — terme intraduisible ayant le sens d'*honneur, intégrité personnelle*.

— Ma famille et les femmes de mon peuple sont à leur merci.

Kerstal fronça légèrement les sourcils.

— Et tu es là, vivant et indemne ?

— Les morts n'ont pas de *kihar,* répondit Storn sans hésitation. Et les morts ne peuvent pas aider leurs familles.

Kerstal réfléchit un moment à cette réponse. Derrière lui, dans les couloirs, il y eut des remous et des cris, au milieu desquels un son vaguement familier fit immédiatement vibrer les nerfs de Storn. Il n'arrivait pas à l'identifier, mais si quelque chose se passait là-bas...

Pourtant Kerstal ne prêta aucune attention à ces bruits. Il dit lentement :

— Il y a quelque justice dans tes paroles, étranger de Storn ; vos coutumes n'étant pas les nôtres, tu n'es pas déshonoré. Néanmoins, nos gens ne se mêleront pas de vos rivalités, je t'en avertis ; les hommes de la Maison de Rannath ne vendent pas leurs épées dans les montagnes ; nous pouvons conquérir assez de *kihar* dans nos propres plaines.

— Je ne vous l'ai pas demandé, répliqua vivement Storn. Lors de ma dernière visite à Carthon, nombreux étaient les hommes prêts à vendre leur épée dans l'espoir d'une récompense. Je demande seulement la liberté de les chercher.

— Cette liberté ne peut pas t'être déniée, répondit Kerstal, et si ton histoire est vraie, la Maison de Rannath n'interdira pas à tout homme libre ne lui ayant pas juré allégeance de s'engager à ton service. Décline donc ton nom, *charrat* de Storn.

Storn se redressa de toute sa taille.

— Je porte avec fierté le nom de mon père, dit-il d'une voix de basse vibrante et claironnante qui lui parut un peu étrange. Je suis Loran Rakhal Storn, Seigneur de Storn.

Kerstal le regarda dans les yeux, impassible, et dit :

— Tu mens.

Tout autour de la salle retentit un autre son ; Storn l'entendait pour la première fois, mais il n'eut aucune peine à l'identifier. Dans tout le hall, les hommes tiraient leurs épées. Il regarda autour de lui.

Un cercle de lances nues l'entourait.

10

MELITTA avait cessé de se débattre. Captive, elle marchait entre ses gardiens, tête baissée, pensant avec amertume : *J'ai échoué. Ce n'était donc pas assez d'escalader les cols, de me cacher la nuit des banshees, de me perdre dans la neige, de geler avec mon cheval sur les sommets... Non, je parviens jusqu'à Carthon, et à peine entrée dans la ville, il faut que je me fasse arrêter!*

Réfléchis, Melitta, réfléchis — il doit y avoir une solution. Que veulent-ils de toi, quelle loi as-tu violée? Storn ne t'aurait jamais envoyée ici s'il n'y avait aucun moyen d'y trouver de l'aide. Mais Storn savait-il?

Se redressant de toute sa taille, elle se dégagea, obligeant les deux grands blonds à s'arrêter.

— Je ne ferai pas un pas de plus tant qu'on ne m'aura pas dit ce qu'on me reproche. Je suis une libre montagnarde, et je ne sais rien de vos lois.

— Une garce sans maître, dit l'un d'eux d'un ton bref, utilisant un mot intraduisible dans la langue de Melitta, mais dont elle savait qu'il constituait une insulte particulièrement grossière, ne se promène pas librement dans Carthon au mépris de toute décence, quelles que soient vos coutumes au-delà de la Kadarin.

— N'avez-vous donc aucune tolérance pour les coutumes des étrangers? demanda-t-elle.

— Pour les coutumes décentes, oui, dit l'un en un

dialecte si barbare qu'elle eut du mal à le comprendre. Mais chez nous, toute femme doit être la propriété d'un maître connu. C'est au Seigneur Rannath qu'il appartient de décider ce qu'on fera de toi, garce.

Melitta détendit ses muscles et se laissa entraîner au milieu des hommes qui la dévisageaient, des femmes qui riaient d'elle. Elle vit avec horreur leurs mains enchaînées, et eut honte pour elles qu'elles ne puissent marcher la tête haute, portées par quelque chose qui ait quelque ressemblance avec la fierté. Mais devant leurs longues robes flottantes, leurs bijoux et leurs cheveux blonds retenus par des rubans, elle prit conscience de son apparence, avec sa cape d'équitation fripée, ses culottes de cheval passées et rapiécées — même les coutumes relativement libres des montagnes refusaient la culotte aux femmes, et seul le désespoir avait poussé Melitta à en porter —, ses cheveux sales, emmêlés et collés par la sueur. Elle rougit. Pas étonnant qu'ils l'aient prise pour la dernière des dernières. Elle eut envie de pleurer.

Dame de Storn, pensa-t-elle. *Oui, par tous les dieux, mais pourquoi n'en ai-je pas l'apparence !*

Ils passèrent sous une arche, et elle vit des hommes et des femmes faire cercle autour d'un trône près duquel, debout, un blond Séchéen, plus grand et mieux vêtu que la plupart, questionnait un homme en vêtements montagnards. Ses gardiens lui dirent :

— La Voix de Rannath est occupée ; attends ici, garce.

Ils relâchèrent leur emprise.

Melitta, ne sachant pas bien le cahuenga, ne prêta pas attention à ce qu'il disait, et chercha à mettre ce répit à profit pour se ressaisir. Que pouvait-elle dire pour convaincre les seigneurs de cette ville qu'elle était un être humain libre et responsable, et non un animal tombant sous le coup de leurs stupides lois sur les femmes ? Elle aurait peut-être dû aller demander l'aide des gens des collines. Les Seigneurs Comyn d'Armida et du château Ardais n'étaient pas apparentés à sa famille, mais ils lui auraient accordé l'hospitalité, et elle aurait pu continuer vers Carthon avec une escorte et des vêtements convenant à son rang. On disait que le Seigneur Valdir Alton était un homme sage et éclairé, qui avait beaucoup fait pour protéger ses gens des bandits des montagnes, et avait pris la tête d'une expédition pour raser la forteresse du célèbre Cyrillon des Trailles. Depuis lors, tout le monde dormait plus tranquille dans les Kilghard, y compris à Storn. *Il nous aurait sûrement aidés dans notre lutte contre Brynat,* pensa-t-elle (1).

Elle n'essayait pas de suivre la conversation entre l'homme que ses gardiens avaient qualifié de Voix de Rannath et son prisonnier, mais ce dernier attira son attention. Il était exceptionnellement grand, avec des cheveux roux sombre, un visage large et basané, et quelque chose d'étrange dans les yeux et l'expression. Elle aurait voulu le voir plus distinctement et entendre ses paroles. Elle voyait qu'il faisait quelque impression sur la Voix de Rannath, car le Séchéen souriait. Puis, la voix et l'accent mêmes de son frère retentirent dans la salle, et Melitta, n'en croyant pas ses oreilles, se redressa, stupéfaite.

— Je suis Loran Rakhal Storn, Seigneur de Storn, du Château des Tempêtes !

Melitta étouffa un cri. Paroles malheureuses à l'évidence, car le sourire disparut du visage de Kerstal. Il fit un signe, et tous les hommes tirèrent leur dague et resserrèrent le cercle autour de l'infortuné étranger.

— Tu mens, dit Kerstal. Tu mens, étranger. Je ne connais pas personnellement le fils de Storn ; mais mon père connaît le sien, et les hommes de Storn sont connus de notre maison. Dois-je te dire ce qui prouve

---

(1) D'autres épisodes de la vie de Valdir Alton sont contés dans *La Tour interdite,* Presses Pocket, n° 5320, et dans *L'Etoile du danger,* Presses Pocket, n° 5290.

ton mensonge ? Les hommes de Storn sont blonds et ils ont les yeux gris. Et je sais, comme tout homme le sait des Hellers à Thendara, que le Seigneur de Storn est né aveugle — et d'une cécité incurable ! Maintenant, décline ton nom véritable, menteur et vantard, ou prépare-toi à défendre chèrement ta misérable peau !

Et soudain, oppressée d'horreur, Melitta comprit. Elle comprit ce que Storn avait fait — et son cœur défaillit car c'était un crime indicible —, elle comprit pourquoi il l'avait fait, et ce qu'elle devait faire pour les sauver tous les deux.

— Laissez-moi passer, dit-elle à voix haute et claire. Il ne ment pas. Aucun Storn de Storn ne ment jamais, et quand j'aurai parlé, quiconque me démentira devra nous défier en combat l'un ou l'autre ou les deux réunis. Je suis Melitta de Storn, et si la Maison de Storn est connue de vous, père et fils, alors contemplez mon visage où se lit mon ascendance.

Se dégageant de l'emprise de ses gardiens stupéfaits, elle s'avança. Les rangs des Séchéens armés s'ouvrirent devant elle et se refermèrent après son passage. Des murmures parcoururent le cercle.

Quelqu'un dit :

— Ce doit être une Amazone Libre des basses terres pour marcher ainsi sans chaînes et sans honte. Les femmes des Domaines sont prudes et modestes ; comment cette fille est-elle arrivée ici ?

— Je ne suis pas une Amazone Libre, mais une femme des montagnes, dit Melitta, se tournant vers celui qui avait parlé. Storn est mon nom et Storn est ma maison.

Kerstal se tourna vers elle, la contempla quelques minutes, puis sa main lâcha la garde de sa dague et il s'inclina devant elle en un salut cérémonieux à la façon des Séchéens.

— Dame de Storn, ton héritage se lit sur ton visage. La fille de ton père est bienvenue parmi nous. Mais quel est ce vantard qui se réclame de ta parenté ? Le reconnais-tu pour ton parent ?

Melitta s'approcha de l'étranger, réfléchissant à toute vitesse. Elle dit vivement, dans la langue des montagnes :

— Storn, est-ce toi ? Loran, pourquoi as-tu fait cela ?

— Je n'avais pas le choix, répliqua-t-il. C'était le seul moyen de vous sauver tous.

— Dis-moi vite le nom du cheval sur lequel j'ai appris à monter, et je t'accepterai pour ce que tu es.

Une ombre de sourire passa sur le visage de l'étranger.

— Tu n'as pas appris à monter sur un cheval, mais sur un poney, dit-il doucement, et tu l'appelais *Cochon Cornu*.

Melitta se plaça résolument au côté de l'étranger, posa la main sur la sienne, et, se levant sur la pointe des pieds, l'embrassa sur la joue.

— Tu es bien mon parent, dit-elle.

Puis elle se tourna vers Kerstal.

— Il est bien mon parent, dit-elle. Et il n'a pas menti en se disant Storn de Storn. Nos coutumes montagnardes vous sont inconnues. Mon frère de Storn est aveugle, comme vous le savez, donc incapable de détenir le droit du *laran* sur notre maison ; c'est pourquoi notre cousin ici présent, adopté dans notre maison, porte le nom et le titre de Storn, son nom originel oublié du frère et de la sœur, lui-même étant l'héritier *nedesto* de Storn.

Elle se tut, retenant son souffle ; puis, sur un signe de Kerstal, les dagues s'abaissèrent. Melitta n'osa montrer son soulagement.

Storn dit doucement :

— Quelle réparation la Grande Maison de Rannath accorde-t-elle aux étrangers ayant essuyé une mortelle injure ?

— Je ne suis que la Voix de Rannath, observa

Kerstal. La prochaine fois, apprends nos coutumes, étranger.

— Il me semble, continua Storn, toujours avec douceur, que les Storn ont subi de vous de terribles offenses. On m'a gravement insulté, et ma sœur...

Il tourna les yeux vers les deux hommes qui avaient traîné Melitta dans le Hall.

— Est-ce là la courtoisie qu'on témoigne ici aux étrangers ?

— Réparation sera faite, dit Kerstal, le front couvert de sueur. Ma Maison n'a aucune querelle avec la tienne, Seigneur de Storn ; sois notre hôte, et accepte les présents qui conviennent à ton rang. Que cet échange de courtoisies efface le souvenir des offenses données ou reçues.

Storn hésita, la main sur la poignée de sa dague, et Melitta, interprétant son geste avec étonnement, pensa : *il prend plaisir à la situation ; pour un peu, il espérerait que Kerstal va le défier !*

Mais si telle était la pensée de Storn, il se rappela à temps le but de son voyage et dit :

— Qu'il en soit donc ainsi. Ma sœur et moi acceptons votre hospitalité avec reconnaissance, parent de Rannath.

Et des murmures de soulagement, ou peut-être de déception, parcoururent le cercle.

Kerstal appela des serviteurs et donna des ordres, puis, levant la main, arrêta Storn un instant.

— Tu réclames cette femme ? Veille donc à ce qu'elle ne circule pas librement, au mépris de nos coutumes !

Melitta se mordit les lèvres pour maîtriser sa colère, sentant la main de Storn lui serrer l'épaule. Ce n'était pas le moment de s'embarquer dans d'autres discussions.

Quelques minutes plus tard, ils étaient dans une vaste chambre d'hôte, nue comme toutes les pièces chez les Séchéens, meublée de quelques nattes, de paillasses et d'une ou deux étagères. Quand les serviteurs se furent retirés, Melitta se tourna vers l'étranger qui avait les manières et la voix de son frère. Restée seule avec lui, elle ne savait quoi dire.

L'étranger lui dit doucement, dans leur langue :
— C'est vraiment moi, tu sais, Melitta.

Il sourit et ajouta :
— Je dois dire que tu es arrivée exactement au bon moment. Nous n'aurions pas pu prévoir mieux !
— Je n'y suis pour rien. C'est un pur coup de chance, concéda-t-elle, se laissant tomber sur une paillasse avec lassitude. Pourquoi m'as-tu fait venir ici ?
— Parce qu'à une époque, des mercenaires des montagnes grouillaient dans cette région et se rassemblaient à Carthon. Maintenant, avec les Séchéens qui envahissent la ville, je ne sais plus, dit Storn. Mais nous sommes libres, nous pouvons agir. En ce moment, nous ne pourrions rien faire au Château des Tempêtes.

Il se jeta aussi sur une paillasse. Melitta était épuisée et, de plus, gênée en compagnie d'un homme qu'elle percevait toujours comme un étranger. Elle dit enfin :
— Qui est... l'homme...
— Il s'appelle Barron ; c'est un Terrien, un homme d'outre-planète. Son esprit était ouvert au mien ; j'ai sondé son avenir et j'ai vu qu'il viendrait dans les montagnes. Alors...

Storn haussa les épaules. Le silence retomba entre le frère et la sœur, expression intense de ce qui ne pouvait être dit. Ils savaient tous deux que Storn avait violé un très ancien tabou, un interdit datant des premières années après le Pacte. La victime était un Terrien, mais Melitta n'en était pas moins horrifiée.

Ils furent soulagés quand les serviteurs de Rannath reparurent, avec des plateaux de nourriture et deux coffres, qui, expliquèrent-ils, étaient des présents de la Maison de Rannath au Seigneur et à la Dame de Storn. Quand ils se furent retirés, Melitta se leva et s'approcha des montagnes de cadeaux. Storn rit doucement.

— La fatigue n'étouffe jamais complètement la curiosité — c'est bien d'une femme ! Mais tu peux accepter ces présents la conscience tranquille, Melitta. La Voix de Rannath, puisque tel est le titre que se donne ce fonctionnaire, sait très bien qu'il nous achète l'immunité contre une vendetta qui se poursuivrait pendant des années et coûterait infiniment plus que ce qu'il nous donne là. Enfin, si nous étions des Séchéens. Il nous méprisera un peu parce que nous nous laissons acheter, mais je me soucie comme d'une guigne de ce que pensent de moi une bande de Séchéens mal lavés. J'ai accepté ces cadeaux parce que, entre autres choses, j'ai trouvé que tu en avais besoin ! Je ne t'ai jamais vue si garçonnière, petite sœur !

Melitta eut les larmes aux yeux.

— Tu ne sais pas ce que j'ai souffert pour arriver ici, par où je suis passée ni comment j'ai dû voyager, et tu te moques de ma tenue...

Sa voix se brisa.

— Melitta ! Ne pleure pas, ne...

Il la prit dans ses bras et la serra contre lui, la tête posée sur sa poitrine.

— Petite sœur, *breda, chiya*...

Il la berça, lui murmurant les mots tendres de leur enfance. Peu à peu, elle s'apaisa, puis elle s'écarta de lui, vaguement embarrassée. La voix et les manières étaient celles de son frère, mais le corps de l'étranger la déconcertait. Elle baissa les yeux ; Storn, gêné, se mit à rire.

— Voyons ce que Kerstal nous envoie, et nous saurons en quelle estime il tient le *kihar* de la Maison de Storn.

— En très haute estime, apparemment, dit Melitta, ouvrant les coffres.

Il y avait pour Storn une fine épée en acier trempé. Il la ceignit en disant :

— N'oublie pas que ce sont des Séchéens — cela ne

veut pas dire la même chose que chez nous. Dommage, car ce serait un engagement de venir à notre aide.

Un gilet et un baudrier brodés accompagnaient l'épée. Pour Melitta, comme elle l'espérait, il y avait des robes de lin bordées de fourrure, des capuches et des coiffes — et une chaîne dorée pourvue d'un minuscule cadenas. Elle la contempla, incrédule.

Storn la prit en riant.

— A l'évidence, il croit que je vais te mettre en laisse !

Puis, comme les yeux de Melitta lançaient des éclairs, il ajouta vivement :

— N'y fais pas attention, tu n'es pas obligée de la porter. Allons, petite sœur, mangeons, puis essayons de nous reposer. Au moins, nous sommes en sécurité ici. Demain, nous aurons le temps de penser à ce que nous ferons si Rannath décide que personne ici ne peut nous aider.

11

LA prophétie de Storn se révéla exacte. Quel que fût son désir d'éviter une vendetta sanglante, la Maison de Rannath avait, à l'évidence, fait passer la consigne dans tout Carthon ; comme Kerstal le leur dit à regret, personne n'avait « le loisir » de partir en guerre dans les montagnes.

A part lui, Storn ne les blâmait pas. Les Séchéens n'étaient jamais à l'aise dans les collines, sans parler des hautes montagnes, et la Maison de Rannath avait assez à faire pour maintenir sa domination sur Carthon sans aller disperser des armées dans les lointaines sierras. D'ailleurs, des mercenaires séchéens, ignorant l'escalade et peu aguerris contre la neige et le froid, auraient causé plus de problèmes qu'ils n'en auraient résolu. Il leur fallait des montagnards, et il n'y en avait plus à Carthon.

Quand le frère et la sœur voulurent prendre congé, Kerstal les adjura de rester, réussissant à paraître plus sincère qu'il ne l'était en réalité. Comme ils invoquèrent une nécessité urgente, il trouva à Melitta un excellent cheval dans ses écuries privées et la pressa de l'accepter.

— Ainsi, dit Storn avec cynisme comme ils s'éloignaient de la Grande Maison, la Voix de Rannath sert son maître en coupant un lien de plus avec les montagnes, ce qui rend moins probables encore les incursions des montagnards à Carthon, et donnera à ceux qui restent encore le désir de s'en aller. Je me demande ce que sont devenus les Lanart ? Ils avaient des terres près de Carthon et constituaient un sous-clan des Alton, avec les Leynier et les gens de Syrtis. J'espère que ces maudits Séchéens ne les ont pas tous tués sous prétexte de vendetta ; c'étaient des gens honorables. Domenic Lanart t'avait demandée en mariage pour son fils aîné, Melitta.

— Tu ne me l'avais jamais dit.

Il gloussa.

— A l'époque, tu n'avais que huit ans.

Puis il reprit son sérieux.

— Voilà des années que j'aurais dû vous marier, toutes les deux ; nous pourrions faire appel à notre parenté dans les périodes de troubles. Mais je répugnais à me séparer de vous. Allira n'avait pas grande envie de se marier...

Il se tut et ils continuèrent en silence. Quand ils reprirent la conversation, ce fut pour parler du passé de Carthon et de la façon dont la ville en était arrivée à sa déchéance actuelle. Mais Storn attendit qu'ils fussent sortis de la ville pour discuter de ce qu'ils allaient faire.

— Puisque Carthon a déçu nos espoirs...

— Nous ne sommes qu'à quelques jours de cheval d'Armida, l'interrompit Melitta, et Valdir Alton a su unir tous les hommes des collines contre les bandits — regarde ce qu'il a fait contre Cyrillon des Trailles ! Storn, demande-lui son aide ! Je suis sûre qu'il te l'accordera.

— Je ne peux pas, dit Storn d'un air sombre. Je n'ose même pas affronter les hommes de Valdir, Melitta. Valdir est un Comyn télépathe, il a les pouvoirs des Alton ; il saurait immédiatement ce que j'ai fait. Je crois qu'il le soupçonne déjà. De plus, j'ai volé un cheval à l'un de ses hommes, acheva-t-il, rougissant de honte.

— Je me demandais aussi où tu avais trouvé cette bête magnifique, dit Melitta ironiquement.

Storn pensait avec amertume : *le fils adoptif de Valdir est devenu mon frère juré par le don de son couteau — mais c'est à Barron qu'il le donnait, au Terrien. Il ne sait rien de moi, il n'a aucune amitié pour moi. Cette voie est donc fermée, elle aussi. Que faire maintenant ?*

Il dit enfin :

— Nous sommes lointainement apparentés aux Aldaran. Eux aussi, paraît-il, constituent un point de ralliement pour les gens des montagnes. Peut-être pourront-ils nous aider. Et si les liens de parenté sont trop lointains pour qu'ils nous aident, peut-être pourront-ils nous dire où trouver des mercenaires. Nous irons donc à Aldaran.

Melitta, réalisant qu'ils allaient retraverser la Kadarin et les montagnes, regretta qu'ils ne soient pas allés là directement ; puis elle se rappela que Storn — Barron — avait traversé toutes les vallées au-delà des collines. Carthon était le meilleur lieu de rendez-vous, et Storn avait de bonnes raisons d'espérer qu'il y trouverait des secours. Comme c'était étrange ! Quand elle ne le regardait pas, elle croyait facilement qu'elle chevauchait en compagnie de son frère ; la voix, avec un timbre et des intonations étrangères, conservait les maniérismes et les rythmes familiers du discours de Storn, comme si elle lui arrivait filtrée par de grandes distances. Mais si son regard se posait sur l'étranger qui chevauchait avec tant d'aisance le grand cheval noir — grand, basané, sombre et totalement étranger, — la gêne s'emparait d'elle. Qu'arriverait-il si Storn se retirait de lui et si elle restait seule avec cet homme d'un autre monde, si incroyablement étranger ? Après sa terrible équipée dans la montagne, Melitta pensait n'avoir plus rien à craindre, mais elle découvrait maintenant des terreurs auxquelles elle n'avait jamais pensé, des hasards inconnus apportés par un homme d'outre-planète, un esprit d'au-delà du monde.

Elle se dit avec résolution : *même s'il... sort — il ne pourra pas être pire que les bandits de Brynat. Je doute qu'il m'assassine ou me viole.*

Elle étudia subrepticement le visage de l'étranger, masqué par la présence familière de son frère, et pensa : *Je me demande quel genre d'homme il est vraiment ? Il semble honorable — aucun signe de cruauté ou de dissipation. Triste peut-être, et un peu solitaire. Le saurai-je jamais ?*

Le troisième soir après leur départ de Carthon, ils s'aperçurent qu'ils étaient suivis.

Melitta le perçut la première, avec des sens aiguisés par la tension et la peur du voyage ; comme si, devait-elle dire plus tard, « j'avais pris l'habitude de chevaucher en regardant par-dessus mon épaule ». Elle soupçonnait aussi qu'au contact de Storn ou grâce à un autre stimulus, elle passait du stade de télépathe virtuelle à celui de télépathe réelle. Elle ne sut distinguer tout d'abord si elle s'en aperçut par l'impact de la filature sur son esprit ou par quelque stimulation subliminale de ses cinq sens aiguisés — sons à la limite de l'audition, formes trop distantes pour être visibles ; d'ailleurs, quelle importance ? Quand ils eurent trouvé un abri pour la nuit dans une hutte de berger abandonnée au milieu d'un pâturage de montagne, elle fit part de ses soupçons à Storn, craignant un peu qu'il lui rie au nez.

Rien n'était plus loin de sa pensée. Il pinça la bouche — Melitta reconnut le réflexe, sinon la bouche — et dit :

— J'ai eu cette impression, hier soir ; mais je pensais que c'était l'effet de ma peur.

— Qui pourrait donc nous suivre ? A cette distance, certainement aucun des hommes de Brynat ! Des hommes de Carthon ?

— Ce n'est pas impossible, dit Storn. La Maison de Rannath ne serait sans doute pas fâchée de voir une autre grande famille des montagnes disparaître — mais alors, tôt ou tard, ils devraient affronter eux-mêmes les bandits de Brynat. On connaît des brigands qui ont fait des raids jusqu'à Carthon, et je crois qu'ils nous considéreraient comme des voisins plus accommodants que le Balafré — la maison de Rannath ne nous a pas secourus, mais je doute qu'elle veuille nous nuire. Non, je crains quelque chose de pire.

— Des brigands ? Un raid de non-humains ?

Storn secoua sombrement la tête. Puis, réalisant la peur de Melitta, il essaya de sourire.

— J'ai trop d'imagination, sans aucun doute, *breda,* et d'ailleurs, nous sommes armés.

Il ne parla pas de ce qu'il craignait de plus : que Larry, par amitié jurée pour Barron, ait lancé Valdir sur leurs traces. Sans aucune intention de lui nuire, bien au contraire. Mais Barron avait posé deux fois — ou peut-être trois ? — des questions sur Carthon. Il était assez simple de les y suivre. Et si on n'y signalait aucun Terrien, Valdir saurait au moins ce qu'il avait fait et pourquoi le Terrien Barron avait disparu. D'après le peu que Storn savait des Comyn, une fois informés d'une pareille offense, qui violait l'une des plus anciennes lois de Ténébreuse, ils le poursuivraient jusqu'à l'autre bout de la planète.

Et quand on le rattraperait, qu'arriverait-il ?

Avec cette inquiétante habitude qu'elle prenait de lire ses pensées (avait-il bien fait d'éveiller le *laran* de sa sœur ?) Melitta demanda :

— Storn, que sont les Comyn, au juste ?

— C'est un peu comme demander ce que sont les montagnes. A l'origine, sur Ténébreuse, il y avait sept Grandes Maisons, ou Domaines, chacun doué d'un pouvoir télépathique spécifique. Si j'ai jamais connu la liste de ces pouvoirs, je ne l'ai pas gardée en mémoire, et d'ailleurs, des générations d'alliances et de mariages consanguins les ont mêlés et brouillés, de sorte que plus personne ne le sait avec exactitude. Quand les hommes parlaient des Comyn, ils pensaient généralement au Conseil Comyn — assemblée de télépathes venus de toutes les Maisons, chargés à l'origine de surveiller l'usage fait des pouvoirs psychiques — plus tard, ils ont acquis aussi le pouvoir sur le temps. Tu as entendu les anciennes ballades — au commencement, disent-elles, les sept Maisons descendent des fils d'Hastur et de Camilla. D'ailleurs, c'est peut-être vrai, mais c'est à côté de la question. Pour le moment, ce sont eux qui depuis le Pacte, ont fait les lois régissant cette région de Ténébreuse. Leur autorité ne s'étend pas aux Villes Sèches ni aux Hommes des Routes et des Arbres, et les gens des montagnes aussi sont hors de leur juridiction — tu sais comme moi que nous vivons selon nos coutumes et nos lois.

— Ils gouvernent ? N'est-ce pas le Roi qui gouverne dans les basses terres ?

— Oh oui, il y a un Roi à Thendara, qui gouverne sous l'autorité du Conseil Comyn. La charge royale était autrefois l'apanage des Hastur, mais ils y ont renoncé depuis quelques générations, et elle est passée dans une autre famille Comyn, les Elhalyn, qui sont si étroitement alliés aux Hastur qu'il n'y a pratiquement aucune différence. Tu sais tout cela, bon sang. Je me rappelle te l'avoir dit quand tu étais petite, de même que tout ce qui concerne les Aldaran.

— Je m'excuse, mais je crois que j'ai tout oublié.

Assis dans la hutte sur des couvertures et des fourrures, ils se chauffaient devant le feu, bien qu'il ne fît pas vraiment froid pour qui était habitué au climat rigoureux des montagnes. Dehors, une pluie chargée de neige fondue tambourinait lourdement sur le toit.

— Et les Aldaran ? Ils sont bien Comyn, eux aussi ?

— Ils l'étaient ; ils ont peut-être encore des pouvoirs Comyn. Mais ils ont été exclus du Conseil Comyn voilà des générations ; il paraît qu'ils ont fait quelque chose de si horrible que personne n'a plus la connaissance ni le souvenir de ce que c'était. Personnellement, je soupçonne qu'il s'agissait d'une rivalité politique, mais je n'en suis pas sûr. Aucun homme vivant ne le sait, sauf peut-être les Seigneurs du Conseil Comyn.

De nouveau, il se tut. Ce n'était pas les Comyn en général qu'il craignait, mais Valdir, et son regard trop pénétrant, trop averti.

Storn n'avait pas besoin qu'on lui dise ce que ressentait Melitta au sujet de ce qu'il avait fait. Il éprouvait la même chose. Lui aussi avait été élevé dans le respect de cette loi ténébrane interdisant d'interférer avec un autre esprit humain. Pourtant, il se justifiait farouchement, avec le désespoir d'un croyant devenu renégat. *Je me moque d'avoir violé des lois ; il fallait sauver ma sœur et mon jeune frère des mains de ces hommes, et les gens du village qui servent ma famille depuis des générations. Qu'ils soient libres, et après cela on pourra bien me pendre ! A quoi sert la vie d'un infirme ? Avant cette aventure, je n'ai jamais été qu'à moitié vivant !*

Il avait une conscience aiguë du corps de Melitta, toute proche de lui, à genoux sur les couvertures. Isolé par les conditions de sa vie même, comme il l'avait été jusque-là, il n'avait pas connu beaucoup de femmes qu'il pût aimer, et aucune de sa caste. L'habitude et une faible vitalité l'avaient rendu indifférent à cette privation ; mais le corps étranger et vigoureux, où maintenant il se sentait très à l'aise, était fort conscient de la proximité de la jeune fille.

Il remarqua que Melitta était d'une beauté extraordinaire, même dans la tenue de cheval usée et tachée qu'elle avait reprise en quittant Carthon. Elle avait dénoué ses cheveux, ôté sa cape et sa tunique, et apparaissait en simple chemise de lin. Un petit bijou brillait à son cou, et elle était pieds nus. Storn, fatigué par les journées passées en selle, ressentait quand même le réflexe physique du désir. Il se permit de jouer mentalement avec cette idée, sans doute parce que ses autres pensées étaient trop inquiétantes. Dans les montagnes, les unions sexuelles, même entre proches parents, n'étaient pas interdites, même si elles étaient vouées à produire des enfants réputés maudits — dans l'isolement des montagnes, les gens n'avaient que trop conscience des dangers de la consanguinité. En proie à un humour très noir, Storn pensa : *Et dans le corps d'un étranger, même cela ne serait pas à craindre !*

Puis il fut soudain révulsé. Le corps de l'étranger était celui d'un Terrien, d'un homme d'outre-planète — et il avait pu envisager de laisser ce corps posséder celui de sa sœur, une Dame de Storn ? Serrant les dents, il tendit le bras et couvrit le feu.

— Il est tard, dit-il. Nous avons une longue route à faire demain. Il vaut mieux dormir.

Melitta obéit sans un mot, se roulant dans sa cape de fourrure et lui tournant le dos. Elle savait ce qu'il pensait et elle le plaignait sincèrement, mais elle n'osait pas lui témoigner sa sympathie. Son frère l'aurait rejetée, comme il l'avait fait toute sa vie, et elle avait toujours un peu peur de l'étranger. Ce n'était pas la pulsion de son désir, que Melitta sentait presque physiquement, qui la troublait. Peu lui importait. Comme toutes les filles de sa caste, elle savait que, voyageant seule avec un homme, ce problème se poserait sans doute. Si elle avait été avec Storn lui-même, elle n'y aurait même pas pensé, mais elle avait beaucoup plus conscience du corps de l'étranger que Storn ne le réalisait. Elle avait été forcée de considérer cette éventualité et de prendre une décision. Elle ne ressentait pas d'attirance particulière pour l'étranger, mais, si l'étrange certitude que c'était son frère n'avait pas simplifié leurs rapports, elle l'aurait considéré avec intérêt ; il était beau, sans conteste, il semblait gentil, et, d'après le son de sa voix, sympathique. Mais si, par inadvertance, elle avait éveillé son désir, la décence, selon le code des femmes de sa caste, exigeait qu'elle le satisfasse. Si elle avait été violemment opposée à cette éventualité, elle n'aurait jamais accepté de voyager seule avec lui ; aucune fille des montagnes ne l'aurait fait. Il n'aurait pas été impossible de trouver un compagnon de voyage à Carthon.

De toute façon, la question ne semblait pas se poser pour le moment, et Melitta en fut soulagée. Cela aurait été par trop étrange ; *comme de dormir avec un fantôme,* se dit-elle. Et elle s'endormit.

Il faisait encore nuit quand Storn, posant la main sur son épaule, la réveilla. Ils sellèrent leurs chevaux et se mirent à descendre le sombre sentier de montagne sous une lourde averse de neige fondue, qui au bout d'une heure ou plus se changea en la petite pluie annonciatrice de l'aube à cette latitude et en cette saison. Melitta, transie, frissonnante et un peu irritée, ne protesta pas ; elle se contenta de se protéger le visage de son manteau. Storn tourna dans un sentier extraordinairement escarpé, mit pied à terre et conduisit son cheval par la bride à travers les arbres jusqu'à un moment où ils purent remonter sans danger. Elle pensait : *Si ce sont des Comyn qui nous suivent, ils ne perdront sans doute pas notre piste. Mais dans le cas contraire, nous parviendrons peut-être à semer nos poursuivants.*

— Et nous gagnerons peut-être deux ou trois jours sur eux par ce chemin, si eux ou leurs chevaux n'ont pas l'habitude des montagnes, dit Storn comme répondant à sa pensée, et elle comprit.

Toute la journée et la suivante, ils cheminèrent par des sentiers de plus en plus abrupts, sous un ciel menaçant, et le soir, ils étaient trop épuisés pour avaler plus de quelques bouchées avant de s'enrouler, déjà à moitié endormis, dans leurs couvertures. Trois jours après avoir remarqué qu'ils étaient poursuivis, Melitta s'éveilla sans avoir le sentiment gênant d'être surveillée, et sentit qu'ils avaient semé leurs poursuivants, au moins pour le moment.

— Nous devrions atteindre Aldaran aujourd'hui, dit Storn comme ils sellaient leurs chevaux, et si ce qu'on m'a dit est vrai, peut-être les Comyn ne se soucient-ils pas de venir si loin dans les collines. Ils sont peut-être sacro-saints dans les basses terres, mais pas ici.

Dès que le brouillard se fut dissipé, ils aperçurent Aldaran du haut d'un pic, forteresse grise et imposante à peine visible au loin ; mais il leur fallut toute la journée pour arriver au pied de la montagne où elle se dressait, et comme ils s'engageaient sur la route — très fréquentée et bien entretenue — menant au château, ils furent arrêtés par deux hommes en longues capes. On leur demanda la raison de leur présence avec la plus grande courtoisie, mais on les invita à attendre que le Seigneur d'Aldaran fût prévenu de leur arrivée, avec tant de fermeté que ni Storn ni Melitta n'osèrent protester.

— Informez le Seigneur d'Aldaran, que son lointain parent de Storn, Seigneur du Château des Tempêtes, demande abri, conseil et hospitalité, dit Storn, d'une voix détimbrée de fatigue. Nous avons fait un voyage long et épuisant, et faisons appel à nos liens parentaux pour demander accueil.

— Il suffit de demander pour pouvoir se reposer en toute sécurité, dit l'homme, avec une exquise courtoisie.

Melitta soupira de soulagement ; elle se retrouvait en terrain familier.

— Voulez-vous attendre à la maison du gardien, Seigneur et *damisela* ? Je vais faire soigner vos chevaux. Je ne peux pas déranger le Seigneur d'Aldaran sans son consentement, mais si vous êtes de ses parents, je suis sûr que vous n'attendrez pas longtemps. Je suis à votre service, et voilà des provisions destinées aux voyageurs si vous avez faim.

Resté seul avec Melitta dans la petite cahute du gardien, Storn lui sourit.

— Quoi qu'il soit arrivé à sa Maison, Aldaran continue à pratiquer la courtoisie traditionnelle envers les étrangers.

Au bout d'un temps incroyablement court (Storn se demanda si l'on s'était servi d'un signal quelconque, car il semblait impossible que le messager ait gravi et redescendu la pente menant au château en si peu de temps) le garde revint.

— Dame Desideria me prie de vous conduire au corps de bâtiment principal et de vous en faire les honneurs, Dame et Seigneur ; et elle vous recevra quand vous serez reposés.

Montant le sentier et les marches menant au château, Storn murmura à Melitta :

— Je ne vois pas qui peut être Dame Desideria. Le vieux Kermiac n'a pas pu se remarier. Je suppose qu'il s'agit de l'épouse d'un de ses fils.

Mais la jeune fille qui les reçut ne pouvait être l'épouse d'aucun homme. Elle avait à peine plus de quinze ans. C'était une beauté rousse douée d'une assurance et d'une aisance devant lesquelles Melitta se sentit intimidée, gênée et paysanne.

— Je suis Desideria Leynier, dit-elle. Ma mère adoptive et mon tuteur sont absents. Ils reviendront demain et vous accueilleront comme il convient.

S'approchant, elle prit dans les siennes les mains de Melitta, et observant son visage avec bonté, ajouta :

— Pauvre enfant, vous semblez mortellement fatiguée. Une bonne nuit de repos vous fera du bien avant de faire la connaissance de vos hôtes. Vous aussi, Maître ; il faut vous reposer, et ne pas rester debout par cérémonie. Les Storn me sont inconnus, mais pas à ma maison. Je vous souhaite la bienvenue.

Storn la remercia, mais Melitta n'écoutait pas. Dans l'étonnante maîtrise de soi de cette enfant, elle percevait autre chose que du calme, une lucidité, une force intérieure et une sensibilité étrangement développée, auprès desquelles c'était elle qui se sentait une enfant. Elle fit une profonde révérence.

— *Vai leronis,* murmura-t-elle, reprenant l'ancien

terme désignant les sorcières versées dans les antiques sciences.

Desideria sourit joyeusement.

— Pas du tout, dit-elle. Je n'ai que quelques notions de nos connaissances traditionnelles, qui, si je ne me trompe, ne vous sont pas étrangères non plus, mon enfant. Mais nous parlerons de cela plus tard ; je voulais simplement vous souhaiter la bienvenue au nom de mes parents adoptifs.

Elle appela un serviteur pour les escorter, et les précéda elle-même dans les longs corridors, très animés à cette heure car le dîner approchait. Une foule de serviteurs allait et venait dans les couloirs, au milieu desquels des hommes minces et de haute taille à la politesse indifférente, dont la présence coupa le souffle à Storn, qui serra le bras de Melitta.

— Il y a des Terriens ici — dans ces montagnes inaccessibles ! murmura-t-il. Par les enfers de Zandru, que se passe-t-il à Aldaran ? Sommes-nous tombés du piège dans la marmite ? Je n'aurais jamais cru qu'aucun Terrien se soit jamais aventuré dans ces montagnes. Et cette fille est télépathe — attention, Melitta !

Desideria confia Storn à un serviteur et conduisit Melitta dans une petite chambre en haut d'une tour divisée en quatre chambres triangulaires.

— Désolée de n'avoir rien de plus luxueux à vous offrir, s'excusa-t-elle, mais nous sommes très nombreux au château. Je vais vous envoyer de l'eau pour votre toilette et une servante pour vous habiller, et, quoique vous soyez plus que bienvenue dans le grand hall, je crois qu'il vaudrait mieux dîner dans votre chambre et vous coucher tout de suite ; si vous ne vous reposez pas, vous risquez de tomber malade.

Melitta acquiesça avec soulagement, heureuse de ne pas avoir à affronter une foule d'étrangers le soir même.

— C'est un homme étrange — votre frère, dit Desideria, sans insister.

Elle serra les mains de Melitta dans les siennes et l'embrassa sur la joue.

— Dormez bien, dit-elle avec son étrange maturité, et ne craignez rien. Mes sœurs et moi dormons dans les chambres de l'autre côté du couloir.

Elle s'en alla. Restée seule, Melitta ôta sa tenue de cheval froide et sale et accepta avec reconnaissance les services de la servante silencieuse et discrète que lui envoya Desideria. Après avoir pris un bain et mangé le dîner léger mais délicieux qu'on lui apporta, elle se coucha dans le lit douillet et, pour la première fois depuis que la cloche d'alarme avait annoncé la présence de Brynat sous les murs de Storn, elle sentit qu'elle pouvait dormir en paix. Ils étaient en sécurité.

Où est Storn ? Apprécie-t-il, lui aussi, le luxe de la sécurité et du repos ? Il doit s'être mépris sur les Terriens qu'il pense avoir vus. Et c'est très étrange — de trouver une vai leronis *dans ces montagnes.*

12

STORN s'éveilla à l'aube, et, pendant quelques minutes, il n'eut aucune idée de l'endroit où il se trouvait. Choses et voix lui étaient inconnues ; allongé, les yeux clos, il essayait de s'orienter, écoutant les pas qui résonnaient sur la pierre, les animaux réclamant leur pitance, et des voix étrangères qui retentissaient dans les couloirs. Bruits paisibles d'une maison qui s'éveille, qui n'avaient rien de commun avec ceux d'un château aux mains des conquérants ; puis ses souvenirs lui revinrent d'un seul coup, et il sut qu'il était au Château Aldaran. Il ouvrit les yeux.

Il était en proie à une curieuse appréhension, sans savoir pourquoi. Il commençait à se demander jusqu'à quand il arriverait à dominer Barron — s'il aurait le temps d'arriver à ses fins, ou s'il perdrait le contrôle du Terrien et se retrouverait dans son propre corps, gisant dans sa transe impuissante, à l'abri des attaques personnelles, mais incapable de sauver sa famille et son peuple. Dans ce cas, il ne se faisait pas d'illusion sur ce qui se passerait tôt ou tard. Barron repartirait de son côté, désorienté par une période d'amnésie ou peut-être de faux souvenirs — Storn ignorait vraiment ce qui arrivait à un homme dans la situation de Barron —, et Melitta se retrouverait seule, sans personne pour l'aider. Et dans cette éventualité, il ne saurait sans doute jamais ce qu'il adviendrait d'elle.

Et il n'avait pas envie de rentrer dans son propre corps, aveugle et prisonnier. Et qu'arriverait-il à Barron, Terrien livré à lui-même dans ces montagnes inconnues ? Dans l'intérêt même de sa victime, il devait maintenir son contrôle sur lui à tout prix.

S'il y avait vraiment des Terriens au Château Aldaran, qu'est-ce que cela voulait dire ? Malade de toutes ces questions irrésolues et insolubles, il rabattit ses couvertures et s'approcha de la fenêtre. Quoi qu'il arrive, il aurait pleinement joui de ces quelques jours de lumière dans une vie de ténèbres. Même si ce devaient être ses derniers jours.

De la fenêtre, il considéra l'agitation qui régnait dans la cour. Des hommes allaient et venaient, chacun semblant accomplir une tâche bien définie ; il y avait des Terriens parmi eux, dont plusieurs portaient l'uniforme en cuir des astroports — *comment puis-je le savoir en les regardant, alors que je n'en ai jamais vu ?* — et, au bout d'un moment, il y eut des remous parmi eux. Un homme et deux aides en uniforme franchirent les grilles à cheval.

L'homme, grand, au visage encadré d'une barbe noire, approchait de la vieillesse, et avait un air d'autorité qui rappela vaguement à Storn l'allure de Valdir, quoique à l'évidence il appartînt au peuple des montagnes. Au remue-ménage accompagnant son arrivée, Storn réalisa qu'il devait assister au retour du Seigneur d'Aldaran. Dans quelques heures, il devrait affronter cet homme et lui demander son aide. Sans raison précise, une profonde dépression s'abattit sur Storn. Une armée entière — en admettant qu'Aldaran voulût bien en mettre une à sa disposition — parviendrait-elle à déloger Brynat ? Le château de Storn avait déjà été assiégé dans le passé, et il n'avait jamais été nécessaire de le défendre. *Maintenant que Brynat s'en est emparé, serait-il possible de le reprendre ? Une armée ? Il nous faudrait plutôt un dieu.*

La scène s'évanouit et Storn vit en son for intérieur la grande forme de Sharra, couronnée de flammes, entravée de chaînes d'or, magnifique et terrible. La même vision qui lui était apparue lorsqu'il gisait, impuissant et aveugle, dans le champ magnétique au Château de Storn, son esprit vagabondant librement dans le temps et l'espace à la recherche de secours.

Encore Sharra ! Que signifie cette vision ?

Melitta vint le chercher vers la fin de la matinée, accompagnée de Desideria qui lui dit que son tuteur était prêt à les recevoir. Tandis qu'il suivait les jeunes filles, Storn appréciait en silence l'assurance, la force et les dons télépathiques évidents de cette très jeune fille, et arrivait à une conclusion troublante — ce devait être une Gardienne, une de ces femmes entraînées depuis l'enfance à travailler sur les cristaux-matrices et les écrans, auprès desquels les petites réalisations de Storn ne paraissaient que jeux d'enfants. Mais, surprenant quelques bribes de conversation entre elles — Desideria semblait s'être prise d'amitié pour Melitta et parlait librement avec elle — il en conclut qu'elles étaient quatre. Autrefois, un cercle de matrices, isolé du monde et se consacrant uniquement à cette tâche, parvenait à peine à former une Gardienne en dix ans. Si Aldaran était arrivé à en entraîner quatre au cours des quelques années écoulées depuis la dernière visite de Storn, que se passait-il en ces lieux ?

Mais quand il lui posa une question indifférente, lui donnant poliment le titre de *leronis,* Desideria secoua la tête en souriant.

— Non, mon ami, je ne suis pas une *leronis ;* mon tuteur n'aime pas ce mot, ni ses connotations de sorcellerie. J'ai été formée à une technique que tout bon télépathe peut apprendre, de même que quiconque est assez fort et sain peut apprendre la fauconnerie ou l'équitation. Notre monde a trop longtemps accepté de sottes idées sur la sorcellerie. Appelez-moi, si vous voulez, technicienne des matrices. Mes sœurs et moi, nous avons appris cette technique mieux que la plupart. Mais il n'est pas nécessaire de me considérer avec révérence parce que je me suis montrée bonne élève !

Elle continua à le regarder avec un sourire enfantin et ingénu, puis soudain frissonna, rougit et baissa les yeux. Quand elle reprit la parole, elle s'adressa à Melitta, ignorant Storn avec ostentation.

Il pensa sombrement : *formée ou pas elle respecte les antiques traditions — et c'est à cela que je dois la vie. Si elle était en âge de considérer les choses telles qu'elles sont — une télépathe de son calibre n'a qu'à jeter un coup d'œil sur moi pour savoir ce que j'ai fait. Seule m'a sauvé jusque-là l'ancienne convention stipulant qu'une fille de son âge ne pouvait avoir de contacts télépathiques avec des hommes n'appartenant pas à sa parenté.*

Cette pensée était étrangement pathétique — à savoir que cette jeune fille appartenant au peuple des montagnes, et à sa propre caste, et formée aux sciences qui avaient été la seule consolation de sa vie, s'était fermée devant lui et qu'il n'osait pas la contacter, mentalement ou physiquement. Il eut envie d'en pleurer. Il serra les dents et suivit les jeunes filles. Il ne reprit plus la parole.

Aldaran les reçut, non dans la salle des audiences officielles, mais dans une petite pièce accueillante du château. Il embrassa Storn en l'appelant son cousin, baisa Melitta sur le front, ce qui était un privilège de parent, leur offrit du vin et des sucreries, et les fit asseoir à ses côtés ; puis il s'enquit des raisons de leur visite.

— Trop de temps s'est écoulé depuis la dernière visite de votre famille à Aldaran ; vous vivez au Château des Tempêtes, isolés comme des aigles sur leur aire. Au cours de l'année écoulée, il m'est venu à l'esprit que je négligeais les devoirs de la parenté, et que je devrais aller à Storn. Il se passe beaucoup de choses dans nos montagnes et personne ne doit se tenir trop longtemps isolé ; l'avenir de notre monde en dépend. Mais nous en reparlerons plus tard, si cela vous intéresse. Dis-moi plutôt ce qui t'amène à Aldaran, mon cousin. Et en quoi je puis t'aider ?

Il écouta gravement leur histoire, le visage de plus en plus sombre et désolé. Quand ils eurent terminé, il dit avec un profond regret :

— J'ai honte de ne pas vous avoir offert mon aide pour prévenir cette situation, dit-il. Car maintenant, je suis impuissant. Je n'ai aucun guerrier ici depuis plus de trente ans, Storn. Je m'efforce de maintenir la paix et de prévenir les raids plutôt que de les repousser. Dans nos montagnes, nous nous sommes trop longtemps déchirés et combattus ; nous retournions à la barbarie.

— Moi aussi je voulais la paix et je n'avais pas de guerriers, dit Storn avec amertume, et tout ce que j'ai gagné, c'est que les hommes de Brynat ont envahi ma forteresse.

— J'ai ici des gardes terriens, pourvus d'armes d'outre-planète, dit Aldaran. Après une ou deux tentatives, les envahisseurs ont compris et nous ont laissés tranquilles.

— Pourvus d'armes ? D'armes de force ? Mais le Pacte ? dit Melitta avec une horreur sincère.

La loi bannissant de la planète toute arme dépassant la portée du bras de l'attaquant était encore plus révérée que le tabou interdisant de s'immiscer dans l'esprit d'un autre.

Aldaran dit avec douceur :

— Cette loi nous a valu petites guerres, rivalités sanglantes, tueries et assassinats. Ce qu'il nous faut, c'est de nouvelles lois, et non une stupide révérence pour les anciennes. J'ai contrevenu au code ténébran, et, en conséquence, les Hastur et les Comyn considèrent ma famille avec horreur ; mais nous vivons en paix ici, et nous n'avons pas de gredins à nos portes, attendant de défier en combat un vieillard affaibli pour prendre sa place, comme si la valeur d'un homme dépendait de son épée. La loi de la force brute n'amène que le règne des brutes.

— Je crois pourtant, dit Melitta que, sur d'autres mondes, on s'est aperçu que des changements sans restrictions dans les armes s'accompagnaient d'une course sans fin pour obtenir des armes meilleures et plus puissantes, pouvant détruire non seulement des hommes, mais des mondes.

— C'est peut-être vrai, dit Aldaran. Pourtant, considérez ce qui est arrivé à Ténébreuse avec les Terriens. Qu'avons-nous fait ? Nous avons refusé leur technologie, leurs armes, obstinément refusé tous véritables contacts avec eux. Depuis les Ages du Chaos, époque à laquelle nous avons perdu toutes nos technologies, à l'exception des rares entre les mains des Comyn, nous sommes de plus en plus retournés à la Barbarie. Dans les basses terres, les Sept Domaines conservent les anciennes lois comme si aucun vaisseau ne s'était jamais élancé dans l'espace. Et ici, dans les montagnes, nous permettons aux bandits de nous harceler parce que nous avons peur de les combattre. Quelqu'un devait nous faire sortir de cette impasse ; et c'est moi qui l'ai fait. J'ai conclu un pacte avec les Terriens ; ils nous enseigneront leurs coutumes et leurs défenses, et je leur enseignerai les nôtres. Et après une génération de paix et de liberté, débarrassés des intrusions des bandits et ayant appris à penser comme les Terriens — à savoir que tout ce qui existe peut et doit être expliqué et mesuré — j'ai même redécouvert beaucoup d'anciennes techniques ténébranes. Ne pensez pas que nous soyons résolus à nous intégrer totalement à Terra. Par exemple, j'ai appris comment on forme les télépathes au travail des matrices sans les anciens rituels superstitieux ; aucun Comyn ne le tentera jamais. Et en conséquence... Mais en voilà assez. Je vois qu'actuellement, les idées abstraites de progrès, de science et de culture ne vous intéressent pas.

— Mais toutes ces belles paroles signifient en substance que ma sœur, mon frère et tout mon peuple resteront au pouvoir des bandits, dit Storn avec amertume, parce que vous préférez ne pas vous mêler à nos querelles.

— Mon cher cousin ! dit Aldaran, consterné. Les dieux me sont témoins que, si j'en avais les moyens, j'oublierais tous mes principes pour venir à votre secours — le sang n'est pas du vin d'airelles ! Mais je ne dispose d'aucun guerrier, et les quelques armes que je possède ne peuvent se transporter à travers les montagnes.

Storn était suffisamment télépathe pour savoir que sa détresse était sincère.

— Nous vivons une époque difficile, Storn, dit Aldaran. Aucune culture ne s'est jamais transformée sans léser personne ; et tu as l'infortune d'être parmi les lésés. Mais reprends courage ; tu es vivant et indemne, ta sœur t'accompagne, et crois-moi, nous vous accueillons de grand cœur en votre qualité de parents ; à partir d'aujourd'hui, cette maison est la vôtre. Que les dieux m'anéantissent si je ne me comporte pas comme un père envers vous deux.

— Et ma sœur ? Et mon frère ? Et mon peuple ?

— Nous trouverons peut-être un jour le moyen de les aider ; un jour, tous ces bandits devront être chassés, mais pour le moment, nous n'en avons ni les moyens ni la technique.

Il les congédia avec bonté.

— Réfléchissez bien, et faites-moi savoir ce que je peux faire pour vous ; il ne faut pas retourner chez vous, où votre vie serait autant en danger que la leur. Croyez-vous que votre peuple désire vous voir partager son sort, maintenant que vous vous êtes évadés ?

En partant, Storn ruminait amèrement ces paroles. Peut-être ces propos se justifiaient-ils à long terme, dans la perspective de l'histoire de Ténébreuse, des annales de la planète. Mais Storn s'intéressait au court terme, à son peuple et à l'histoire de son temps. Penser au long terme amenait inévitablement à l'indifférence envers les souffrances des contemporains. S'il n'avait eu aucun espoir d'aide extérieure, il aurait été trop heureux de sauver Melitta, si elle seule pouvait l'être, et l'aurait laissée ici où on lui offrait un foyer. Mais il avait tant espéré que cette solution lui semblait un cuisant échec.

Au loin, il entendit Desideria qui disait à Melitta :

— Quelque chose m'attire vers votre frère — je ne sais pas ; ce n'est pas sa beauté que j'admire, c'est quelque chose qui se trouve au-delà — je voudrais pouvoir vous aider. Je peux faire beaucoup, et autrefois, les pouvoirs des télépathes entraînés de Ténébreuse pouvaient s'utiliser contre les bandits et les envahisseurs. Mais je ne peux pas agir seule.

— N'allez pas croire que nous sommes ingrats envers votre tuteur, Desideria. Mais nous devons retourner à Storn, ne serait-ce que pour partager le sort de ceux qui y sont restés. Mais nous ne le ferons pas avant d'avoir perdu tout espoir, dussions-nous entraîner dans la bataille les paysans armés de fourches et les forgerons des collines !

Desideria se figea au milieu du couloir et dit :

— Les forgerons des cavernes des Hellers ? Vous parlez de l'antique peuple adorateur de la déesse Sharra ?

— En effet. Mais ses autels sont froids et profanés depuis longtemps.

— Alors, je peux vous aider ! dit Desideria, les yeux brillants. Croyez-vous qu'un autel ait de l'importance ? Ecoutez, Melitta, vous savez, un peu, quelle a été ma formation ? Eh bien, — l'une des forces que j'ai appris à évoquer est celle associée à Sharra. Autrefois, Sharra était puissante sur ce monde ; les Comyn ont fermé la porte à sa puissance, pour éviter certains dangers, mais nous avons trouvé le moyen, en partie... Melitta, si vous pouvez me trouver ne serait-ce que cinquante hommes qui croyaient autrefois en Sharra, je pourrai abattre les grilles du Château de Storn et brûler vifs tous les hommes de Brynat sous ses yeux.

— Je ne comprends pas, dit Storn, intéressé malgré lui. Pourquoi vous faut-il des adorateurs de Sharra ?

— Et vous aussi, Storn, en qualité de télépathe ! Ecoutez — les esprits liés des adorateurs partageant une même croyance créent une force tangible, qui... donne de la puissance au... pouvoir venant d'une autre dimension pour entrer dans ce monde. C'est la Forme du Feu. Je peux l'évoquer seule, mais je n'ai pas la force nécessaire pour lui donner la puissance désirable. Je possède les matrices pour ouvrir les grilles. Mais en compagnie de ses adorateurs...

Storn crut comprendre ce qu'elle voulait dire. Il avait découvert des forces qu'il pouvait évoquer, mais non diriger et, lorsque Brynat était aux portes du château, il avait pensé : *Si j'avais de l'aide, quelqu'un versé dans les anciennes techniques...*

— Aldaran vous le permettra-t-il ? dit-il.

Pleine d'assurance et de maturité, Desideria répondit :

— Quiconque possède mon entraînement et ma force n'a pas besoin de demander la permission de faire ce qu'elle pense juste. J'ai dit que je vous aiderais ; mon tuteur ne me démentira pas — et je ne lui donnerais pas le droit de me démentir.

— Moi qui vous prenais pour une enfant, dit Storn.

— Personne ne peut endurer la formation que j'ai subie et rester enfant, dit Desideria.

Elle le regarda dans les yeux, rougit, mais ne détourna pas son regard.

— Quelque jour, j'éclaircirai l'étrangeté que je perçois en vous, Loran de Storn. Mais ce sera pour une autre fois ; pour le moment, vous avez l'esprit ailleurs.

Elle lui effleura brièvement la main, rougit encore et se détourna.

— Ne me prenez pas pour une effrontée.

Touché, Storn ne sut que répondre, de nouveau partagé entre l'incertitude et la peur. Si ces gens n'éprouvaient aucune horreur à violer la loi la plus solennelle de la Ligue Ténébrane, le Pacte contre les armes, peut-être ne seraient-ils pas horrifiés de ce qu'il avait fait ? Il ne savait pas s'il était soulagé ou vaguement choqué à l'idée qu'ils accepteraient son acte comme dicté par la nécessité, sans se soucier de l'éthique douteuse qu'il impliquait.

Il écarta ces pensées de son esprit. Pour le moment, il suffisait que Desideria pensât avoir trouvé le moyen de les aider. C'était une tentative désespérée, mais il était assez désespéré lui-même pour prendre n'importe quel risque, quel qu'il fût — même celui d'invoquer Sharra.

— Accompagnez-moi à la salle où je travaille avec mes sœurs, dit-elle. Il nous faut trouver les instruments adéquats et... vous pouvez les appeler talismans, si vous voulez. Mais si vous avez déjà l'expérience de ces choses, Storn, un laboratoire de matrices vous intéressera sans doute. Venez. Et ensuite, nous pourrons partir sur l'heure si vous voulez.

Elle les précéda dans un long escalier, éclairé de loin en loin de lampes bleues que Storn reconnut, bien qu'il ne les eût jamais vues. C'étaient des signaux de force, des signes avertisseurs. Il en avait quelques-uns dans son château, et avait fait sur eux des expériences qui lui avaient appris la plupart de leurs secrets. Ils lui avaient donné le champ de force invincible qui protégeait son corps et avait détourné la dague de Brynat, et les courants magnétiques guidant l'oiseau mécanique qui lui permettait de connaître la sensation du vol. Il y avait d'autres choses, avec des applications moins pratiques, et il aurait voulu pouvoir poser à Desideria des questions innombrables. Mais il était hanté par l'appréhension, l'impression que le temps pressait ; Melitta dut percevoir son état d'esprit, car elle resta un peu en arrière et lui prit la main, le regardant avec inquiétude.

Il essaya de sourire.

— Rien. C'est seulement un peu intimidant d'apprendre que ces... ces jouets avec lesquels j'ai passé mon enfance peuvent être une science d'une telle magnitude.

Le temps presse...

Desideria écarta un rideau et franchit un voile de lumière bleue scintillante. Melitta la suivit. Storn, en proie à une répugnance indéfinissable, hésita, puis s'avança.

Une violente décharge traversa son corps, et, un instant, Dan Barron, désorienté, à moitié fou et luttant pour retrouver sa raison, regarda autour de lui les étranges installations d'un laboratoire de matrices, comme s'éveillant d'un long, très long cauchemar.

— Storn...? dit Desideria en lui touchant la main.

Au prix d'un violent effort, il se ressaisit et sourit.

— Désolé. Je n'ai pas l'habitude de champs si puissants.

— J'aurais dû vous avertir. Mais si vous n'aviez pas pu franchir ce champ, vous n'auriez pas eu suffisamment de connaissances pour nous aider. Je vais chercher ce qu'il me faut.

Elle tourna un petit bouton et leur indiqua des sièges.

— Attendez-moi.

Lentement, Storn prit conscience de l'étrange bourdonnement désintégrateur. Melitta le regardait, stupéfaite et effarée, mais il lui fallait toute sa force pour ne pas se dissoudre sous l'action du son invisible, pour ne pas s'évanouir...

Un amortisseur télépathique. Ses dons naissants lui avaient permis d'en localiser un à Armida, mais ce n'était alors que gênant, tandis que maintenant... maintenant...

Maintenant, il n'avait pas même le loisir de crier, les vibrations pulsaient dans son cerveau — dans ses nerfs et ses lobes temporaux, désorganisant les réseaux par lesquels il maintenait sa domination et libérant... Barron! Il se sentit tourbillonner dans un espace indéfinissable, bleu, intemporel — tombant, disparaissant, mourant — aveugle, sourd, paralysé... Il sombra dans l'inconscience, et sa dernière pensée ne fut pas pour Melitta qu'il laissait seule, ni pour Barron, sa victime. Elle fut pour les yeux gris de Desideria et la caresse indéfinissable de sa compréhension et de sa compassion, qui l'accompagna dans une nuit si profonde qu'elle ressemblait à la mort...

Barron reprit connaissance comme après un long plongeon dans les profondeurs. « *Qu'est-ce qui se passe ici, nom de Dieu ?* » Pendant quelques instants, il ne sut pas s'il avait prononcé ces mots tout haut ou s'il n'avait fait que les penser. Il avait mal à la tête, et il reconnut la vibration bourdonnante que Valdir Alton avait attribuée à un amortisseur télépathique — pour le moment, cela constituait tout son univers.

Lentement, il retrouva son corps et son équilibre. Depuis des jours, il avait l'impression de vivre un cauchemar, conscient, mais incapable de faire autre chose que ce qu'il faisait — comme si un autre commandait son corps et dirigeait ses actes tandis qu'il observait du dehors, stupéfait, mais impuissant à intervenir. Il s'éveillait soudain, libéré de la puissance qui le dominait, mais le cauchemar continuait. La jeune fille vue dans son cauchemar était là, et le regardait, légèrement inquiète — sa sœur ? *Mais non, la sœur de l'autre !* Il se rappelait tout ce qu'il avait dit et fait, presque tout ce qu'il avait *pensé*, tandis que Storn commandait son corps. Il n'avait pas changé de place, mais soudain, il voyait les choses différemment. Il était redevenu lui-même, Dan Barron, et Storn avait disparu.

Il ouvrit la bouche pour protester bruyamment, exiger des explications et en donner de son cru, afin d'éclaircir la situation, quand il vit Melitta qui le regardait, inquiète et un peu effrayée. Melitta ! Il n'avait rien fait pour la connaître, mais elle était devant lui, et il était son seul protecteur. *Elle s'est montrée si brave, elle est venue si loin chercher de l'aide, et les secours sont maintenant à sa portée; qu'arrivera-t-il si je me fais connaître?*

Il était peu au courant des lois et des coutumes de Ténébreuse, mais, après avoir cohabité dans son corps avec Storn pendant sept ou huit jours, il savait au moins une chose : ce que Storn lui avait fait était un crime. *Parfait — je pourrais le tuer pour ça, et, par Dieu, je le ferai un jour. Quelle torture à faire subir à un homme!* Mais cela n'était pas la faute de Melitta. *Non. Il faut que je continue à jouer le jeu un certain temps.*

Le silence s'éternisait. Melitta dit, de plus en plus effrayée :

— Storn?

Il se força à sourire, et constata que ça ne lui demandait aucun effort. Il dit, essayant de prendre les intonations de Storn :

— Tout va bien. C'est ce... cet amortisseur télépathique qui me gêne un peu.

Et c'est sans doute l'euphémisme du siècle!

Desideria revint avant que Melitta ait eu le temps de répondre, portant différents objets enveloppés dans une longue pièce de soie. Elle dit :

— Il faut que j'organise votre voyage et que je rassemble une escorte pour vous ramener au Château des Tempêtes, près des grottes désertées par les forgerons. Puisque vous ne pouvez pas m'aider, pourquoi ne pas aller vous reposer? Vous avez un long voyage derrière vous, un long voyage devant vous, et des difficultés...

Elle regarda Barron et détourna vivement les yeux. Il se demanda vaguement pourquoi. *Qu'est-ce qu'elle a, la petite rousse?* Soudain, il fut pris d'une faiblesse et chancela.

— Accompagnez votre frère, Melitta. Moi, j'ai beaucoup à faire. Je viendrai vous chercher au coucher du soleil.

161

Trop confus et désorienté pour faire autre chose, Barron se laissa conduire par Melitta qui le précéda dans d'étranges corridors jusqu'à une chambre où il savait avoir dormi la nuit précédente, mais qu'il n'avait jamais vue consciemment. Elle s'immobilisa et le regarda, désolée.

— Storn, que se passe-t-il ? Tu es malade ? Tu me regardes si bizarrement — *Storn ! Loran !* s'écria-t-elle, de plus en plus paniquée.

Barron leva la main pour la calmer.

— Pas d'affolement, mon petit...

Il réalisa qu'il parlait sa propre langue, et revint, avec quelque effort, à la langue que Storn parlait avec sa sœur.

— Melitta, je suis désolé, dit-il péniblement.

Et elle le dévisageait, de plus en plus horrifiée à mesure qu'elle comprenait.

— L'amortisseur télépathique, murmura-t-elle. Maintenant, je comprends. *Qui êtes-vous ?*

Il considéra la jeune fille avec une admiration et un respect nouveaux. C'était sans doute la chose la plus déconcertante et terrifiante qui lui fût jamais arrivée. Après être allée si loin et avoir supporté tant de sacrifices, si près du but, découvrir que son frère avait disparu et qu'elle était avec un étranger — un étranger qui était peut-être un fou furieux, un fou criminel, et qui en tout cas devait être fou de rage — et elle restait debout devant lui, pâle comme un linge, mais impassible, et lui demandait : « Qui êtes-vous ? »

Dieu, quelle femme !

Il dit, essayant d'imiter son calme :

— Je crois que votre frère vous a dit mon nom, mais s'il ne l'a pas fait, je m'appelle Dan Barron. Dan suffira, mais il vaudrait mieux continuer à m'appeler Storn pendant quelque temps, pour ne pas éveiller les soupçons. Ça ne vous arrangerait pas, maintenant que vous êtes si près du but, n'est-ce pas ?

Elle dit, presque incrédule :

— Vous voulez dire... qu'après ce que mon frère vous a fait, vous êtes néanmoins prêt à m'aider ? Que vous viendrez avec nous à Storn ?

— Madame, dit Barron plus sincère et résolu qu'il ne l'avait jamais été de sa vie, il n'est aucun lieu au monde où je désire aller plus qu'à Storn. Il faut que je vous aide à libérer votre château de ces bandits pour arriver à votre frère — et quand il sera en mon pouvoir, il regrettera sans doute Brynat le Balafré ! Mais je n'ai rien contre *vous*. Alors, détendez-vous. Je jouerai le jeu — et Storn et moi nous réglerons nos différends ensemble. D'accord ?

Elle sourit, levant courageusement la tête.

— D'accord.

13

Il y avait un avion.

Barron le considéra, stupéfait et atterré. Il aurait juré qu'il y avait peu de véhicules de surface sur Ténébreuse, et il était certain que personne n'achetait pour eux du carburant dans la Zone terrienne. Et il n'avait connaissance d'aucun véhicule vendu sur Ténébreuse, mis à part un ou deux dans la Cité du Commerce. Et pourtant c'était bien un avion, et, à l'évidence, de fabrication terrienne. Quand il y fut monté, il réalisa qu'on en avait enlevé le tableau de bord, remplacé par un cristal bleu, devant lequel Desideria s'assit. Voyant son air enfantin, Barron eut envie de lui dire : « Hé, ce n'est quand même pas vous qui allez piloter ça ! » Mais il se retint. La jeune fille semblait savoir ce qu'elle faisait, et après ce qu'il avait vu sur Ténébreuse, il les croyait maintenant capables de tout. Une technologie qui permettait de déplacer un esprit pour prendre sa place valait la peine qu'on l'étudie. Il commença à se demander si aucun Terrien savait la moindre chose de Ténébreuse.

Melitta était effrayée de monter dans cet étrange engin, et Desideria fut obligée de l'encourager et de la rassurer ; puis, avec l'air de quelqu'un qui met sa vie en jeu et s'en moque, elle monta, résolue à ne pas montrer sa peur.

Le bizarre véhicule décolla dans un étrange silence. Desideria brancha un amortisseur télépathique dans l'habitacle, disant, presque d'un ton d'excuse :

— Désolée — je pilote cet appareil uniquement grâce à ma force télépathique, et je ne peux pas permettre à des pensées vagabondes de troubler ma concentration.

Barron avait le plus grand mal à supporter les vibrations. Il commençait à comprendre leur nature. Si le pouvoir télépathique était constitué par des vibrations, l'amortisseur émettait un brouillage qui protégeait son utilisateur des vibrations parasites.

Il se surprit à se demander ce qu'aurait pensé Storn de traverser en quelques heures tout le territoire que lui et Melitta avaient mis plusieurs jours à parcourir péniblement à pied et à cheval. Il préférait ne pas penser aux sentiments de Storn. Jusque-là, il avait considéré la civilisation de Ténébreuse comme très arriérée, mais ces idées avaient été fortement ébranlées au cours des dernières heures. Leur refus de toutes les armes autres que les couteaux et les épées lui semblait maintenant fondé sur une attitude éthique — et pourtant, le point de vue d'Aldaran paraissait moralement valide, qui limitait les rivalités et les petites guerres dont le succès ne dépendait que de la force brutale.

Mais toutes les guerres ne se ramènent-elles pas, au bout du compte, à une démonstration de force brutale ? La justesse d'une cause n'assure pas que son tenant possède les armes les plus puissantes. Le différend entre Brynat et Storn serait-il plus facilement réglé si tous deux possédaient des armes à feu ?

Et si ce refus venait d'une attitude éthique plutôt que d'un manque de connaissances, était-il possible que l'absence d'industries et de moyens de transport résultât d'un choix et non d'un manque de capacités ?

Bon sang, pourquoi me soucier du mode de vie de Ténébreuse, alors que j'ai des problèmes personnels si pressants !

Il avait déserté son poste à la station d'incendie. Lui — ou Storn dans son corps — avait volé un cheval de selle de grand prix. Sa réputation était sans doute irrémédiablement ruinée auprès des autorités terriennes, qui avaient fait l'effort de lui trouver ce travail, et sa carrière était sans doute au point mort. Il aurait de la chance si on ne le mettait pas sur le premier vaisseau en partance.

Puis une idée le frappa : il ne serait sans doute pas obligé de partir. L'Empire ne croirait peut-être pas son histoire, mais les Alton, qui étaient télépathes, la croiraient sans aucun doute. Larry lui avait juré amitié, et Valdir s'intéressait à ses compétences professionnelles. Peut-être pourrait-il travailler pour lui. Il réalisa soudain qu'il n'avait pas envie de quitter Ténébreuse, et qu'il s'intéressait enfin aux luttes et aux problèmes de ces gens dont il avait partagé la vie contre sa volonté.

Je pourrais tuer Storn pour ce qu'il a fait — mais je suis diablement content que ce soit arrivé.

Mais il s'agissait là d'un bref éclair de conscience qui, une fois disparu, le laissa perdu et désorienté. Pendant les jours où Storn habitait son corps, il s'était habitué à la compagnie de Melitta. Maintenant, elle semblait étrangère et distante, et quand il essayait de la contacter mentalement, c'était presque machinalement, et la vibration de l'amortisseur télépathique créait des interférences qui le rendaient malade. Il avait pensé au départ qu'il se sentirait plus à l'aise dans un avion qu'à dos de cheval, mais au bout d'un moment, il lui tardait que ce vol prît fin. Melitta ne le regardait pas.

C'était le pire. Il avait hâte d'atterrir, pour pouvoir lui parler, la toucher. Dans ce monde, c'était la seule personne qui lui fût familière, et il avait un ardent besoin de sa présence.

Illogiquement, il fut désolé quand le voyage se termina et que Desideria posa habilement l'appareil dans une petite vallée, aussi facilement qu'un hovercraft. Elle s'excusa auprès de Melitta de ne pas atterrir plus près de Storn, mais lui expliqua qu'aucun petit appareil n'était capable de résister à la violence des courants aériens. Barron se demanda ce qu'une si jeune fille pouvait connaître des courants aériens. *Au diable, elle semble avoir des dons télépathiques peu ordinaires, et elle sent sans doute les courants par la peau, par ses centres d'équilibre ou autre chose !*

Barron n'avait aucune idée de l'endroit où ils se trouvaient. Puisque Storn, étant aveugle, n'avait jamais vu de lieu, les souvenirs de Storn ne lui étaient d'aucune utilité. Mais Melitta savait. Elle prit la direction des opérations et les conduisit à un petit village de montagne, dont les habitants sortirent en foule, accueillant Melitta avec bonheur, et manifestant à Desideria un respect révérenciel qui sembla embarrasser la jeune fille — c'était la première fois que Barron voyait Desideria confuse ! — et même la mettre en colère.

— Je déteste cela, lui dit-elle, croyant encore s'adresser à Storn. Autrefois, ils avaient peut-être quelque raison de traiter les Gardiennes comme des déesses. Mais maintenant que nous savons comment les former, il n'y a plus de raison de les révérer — pas plus que d'adorer un forgeron qui fait bien son travail !

— A propos des forgerons, dit Barron, comment allons-nous rassembler ces gens ?

Elle le regarda d'un œil pénétrant, comme si elle le voyait pour la première fois. Elle allait dire : « Vous vous en occuperez, vous et Melitta ; moi, je ne les connais pas », mais elle se ressaisit, fronçant les sourcils, et dit à la place en un murmure, moins pour Barron que pour elle-même :

— Vous avez changé, Storn. Quelque chose est arrivé...

Et elle se détourna brusquement.

Il avait presque oublié que, pour elle, il était toujours Storn. Pour tous les autres, la mascarade était terminée ; les gens du village l'ignoraient. Ce qui était normal, car, vivant si près du Château des Tempêtes, ils devaient connaître tous les Storn.

Il n'essaya pas de suivre ce que Melitta dit aux villageois. Il était un bagage inutile pour cette expédition, et il ne comprenait pas pourquoi Melitta avait voulu qu'il revienne au château avec elle. Au bout d'un moment, elle revint vers Storn et Desideria en disant :

— Ils vont nous fournir des chevaux et des guides pour rejoindre les cavernes des forgerons dans les collines. Mais il faut partir immédiatement. Les hommes de Brynat patrouillent le village tous les un ou deux jours — surtout depuis mon évasion — pour être sûrs qu'il ne se passe rien dans la vallée ; et si on savait qu'ils m'ont aidée — enfin, je ne veux pas qu'ils soient victimes de représailles.

Ils partirent dans l'heure. Barron chevauchait en silence près de Melitta, mais n'essayait pas de lui parler. Réconforté par sa seule présence, il savait néanmoins qu'elle était gênée en sa compagnie et il ne voulait pas s'imposer de force. C'était assez d'être près d'elle. Il eut une pensée émue pour Storn. *Pauvre diable, être venu si loin, avoir tant supporté, et se voir rejeté en coulisse pour le dernier acte !*

Il chevauchait, sans trop regarder où il passait, laissant sa monture choisir son chemin. Tout à coup, il perçut une âcre odeur de fumée. Rendu vigilant par son expérience à la station d'incendie, Barron releva la tête et renifla le vent, mais les autres continuèrent à avancer sans prêter attention à l'odeur.

Seule Melitta remarqua sa réaction et retint son cheval pour se mettre à sa hauteur.

— Ce n'est pas un incendie. Nous approchons des cavernes des forgerons. Ce sont les feux de leurs forges que vous sentez.

Ils montèrent un étroit sentier qui s'enfonçait au cœur des montagnes. Au bout d'un moment, Barron s'aperçut que des grottes s'ouvraient de chaque côté du chemin. De petits visages basanés, apeurés se montraient à leur passage. C'étaient de petits hommes vêtus de cuir et de fourrures, des femmes en manteaux de fourrure qui se détournèrent timidement, et de minuscules enfants emmaillotés de fourrures et qui ressemblaient à des ours en peluche. Enfin, ils arrivèrent devant l'entrée béante d'une immense caverne où Melitta et Desideria mirent pied à terre, leurs guides debout près d'elle, mi-effrayés, mi-protecteurs.

Trois hommes en tabliers de cuir sortirent de la caverne et s'avancèrent vers Melitta, de longues barres de métal à la main, et de gros marteaux passés à la ceinture — des marteaux si lourds qu'il n'aurait pas pu les soulever, pensa Barron. Ils étaient petits, noueux et basanés, avec des bras longs et puissants, ils firent de profondes révérences aux femmes et ignorèrent Barron, comme il s'y attendait. Celui du milieu, aux cheveux noirs grisonnant par places, se mit à parler en cahuenga, mais avec une prononciation si étrange et gutturale que Barron ne comprit qu'un mot sur trois. Il en déduisit cependant qu'ils souhaitaient la bienvenue à Melitta et témoignaient à Desideria un respect encore plus profond que les villageois.

Suivit un long colloque. Melitta parla longtemps et avec éloquence, mais Barron ne comprit pas. Il était très las, en proie à une grande appréhension, sans savoir pourquoi, et cela l'empêchait d'essayer de percevoir télépathiquement ce qui se disait, comme il l'avait fait avec Larry et Valdir. *D'ailleurs, comment diable ai-je acquis ces dons télépathiques ? Au contact de Storn ?*

Ensuite le forgeron grisonnant prit la parole. Ce fut un long discours chantant, musical et sauvage, accompagné de nombreuses révérences, où revenait souvent le mot *Sharra*. Puis ce fut au tour de Desideria de parler, et elle aussi répéta *Sharra* sans se lasser, tandis que les villageois assemblés autour d'elle hochaient la tête en poussant de petits cris d'assentiment. Finalement, ils poussèrent une grande clameur en brandissant couteaux, épées et marteaux. Barron, se rappelant les

Séchéens, se raidit, mais Melitta ne broncha pas, et il réalisa que cette clameur était une acclamation, et non pas une menace.

Il tombait une petite pluie fine, et les villageois les firent entrer dans la caverne.

Elle était vaste, bien aérée, et éclairée, en partie par des torches brûlant dans des niches des parois, en partie par de beaux cristaux luminescents disposés de façon à amplifier la lumière du feu. Il y avait partout des objets en fer forgé d'un travail exquis, mais Barron n'avait pas le loisir de les admirer. Enfilant les couloirs éclairés de la caverne, il s'approcha de Melitta et lui demanda à voix basse :

— Que signifiaient ces cris et ces clameurs ?

— L'Ancien des forgerons a accepté de nous aider, dit Melitta. En retour, j'ai promis que les autels de Sharra seraient rétablis dans toutes les montagnes, et qu'ils pourraient revenir sans encourir aucun châtiment dans leurs anciens villages. Etes-vous fatigué de chevaucher ? Je le suis, mais... le voyage a été si long, et nous sommes si près du but. Nous partirons pour Storn deux heures avant l'aube, pour cerner le château quand Brynat se réveillera — si nous y arrivons à temps !

Elle tremblait, et faillit s'appuyer sur lui, puis elle se redressa fièrement et s'écarta. Elle dit, presque comme se parlant à elle-même :

— Mais que vous importe ? Quand tout sera terminé, que pourrons-nous faire pour nous faire pardonner de nous être ainsi introduits dans votre vie ?

Barron voulut lui dire : « Si, tout m'importe beaucoup, vous m'importez, Melitta. » Mais elle s'éloignait déjà pour rejoindre Desideria.

A la lumière des lampes à prismes, colorées comme des gemmes, et aux accents de grillons chanteurs et de grenouilles arboricoles enfermés dans de petites cages, il y eut un grand banquet, le soir, dans la salle principale. Barron, qui n'avait pas faim, admirait les plats d'argent — dans la montagne, l'argent était plus commun que le verre — et la lumière des lampes à prisme qui jouait sur les murs enfumés de la grotte. Les forgerons chantaient à voix gutturale des chants sauvages composés dans une gamme à quatre notes sur un rythme bizarrement continu, comme le martèlement des marteaux. Mais Barron n'arriva pas à avaler une bouchée ni à comprendre un mot des épopées interminables. Il fut donc soulagé que la compagnie se sépare de bonne heure — il comprenait assez leur dialecte pour savoir que c'était en prévision du départ matinal — et un de leurs guides les conduisit à de petites cellules taillées dans le roc.

Barron était seul dans la sienne ; il avait vu qu'on introduisait Melitta et Desideria dans une chambrette voisine. Dans la pièce minuscule, à peine plus grande qu'un placard, il trouva un lit confortable constitué d'un cadre d'argent tendu de lanières de cuir et bien pourvu de couvertures de fourrure. Il s'allongea, s'attendant à s'endormir immédiatement, mais le sommeil ne vint pas.

Il se sentait seul et désorienté. Peut-être s'était-il habitué à la présence et aux pensées de Storn. Melitta, elle aussi, l'évitait, et il se sentait inexprimablement abandonné de ne plus pouvoir se réconforter par sa présence. Il se dit qu'il avait changé. Il avait toujours vécu seul et s'en était toujours bien trouvé. Les rares femmes qu'il avait possédées n'avaient jamais fait sur lui une impression durable ; il les utilisait pour le soulagement qu'elles pouvaient lui donner, puis il les oubliait. Il n'avait pas d'amis intimes, seulement des collègues de travail. Il avait vécu sur cette planète sans savoir en quoi elle différait de Terra ou des autres planètes de l'Empire, et sans s'en soucier.

Bientôt, cette aventure prendrait fin, et il ne savait pas où il irait. Il regretta soudain de n'avoir pas été plus sensible à l'offre d'amitié de Larry ; mais il faut dire que Storn avait détruit, sans doute à jamais, ces liens naissants. Il n'avait jamais su ce que c'était que d'avoir un ami, mais il n'avait jamais non plus su ou réalisé la profondeur de sa solitude.

La cellule semblait s'enfler et se contracter, les lumières vacillaient. Il sentait des pensées flotter dans l'air autour de lui, déferlant dans sa tête comme des vagues, à l'en rendre malade. Il s'agrippait à son lit, tandis que la chambre roulait et tanguait autour de lui, se demandant s'il allait tomber. La peur s'empara de lui ; Storn cherchait-il de nouveau à s'emparer de son esprit ? Il *voyait* Storn, sans savoir comment il savait que c'était lui — blond, visage doux et mains fines, dormant sur un catafalque couvert de soie — l'air lointain, comme absent. Il vit un grand oiseau blanc piquant des hauteurs du château et décrivant des cercles en poussant un cri étrange, musical et mécanique, puis il s'éloigna d'un coup d'aile.

La chambre continuait à tournoyer autour de lui, et il se raccrochait à son lit, luttant contre la nausée et le vertige qui menaçait de le déchirer. Il s'entendit crier, incapable de retenir son cri ; il ferma les yeux, se recroquevilla en position fœtale et essaya de ne rien penser, de ne rien sentir.

Il ne sut jamais combien de temps il resta dans cet état de désespoir, mais au bout de ce qui lui parut une éternité, il prit lentement conscience que quelqu'un l'appelait par son nom, très doucement.

— Dan ! Dan, c'est Melitta — ne vous inquiétez pas. Prenez ma main, touchez-moi — tout va bien. Je serais venue plus tôt si j'avais su...

Il fit un effort pour refermer sa main sur la sienne. Cette main lui semblait le seul point stable dans un univers incroyablement changeant, qui roulait et tanguait, et il s'y accrochait comme un homme jeté dans l'espace s'accroche à son cordon ombilical.

— Désolé... la chambre tournoie..., murmura-t-il.

— Je sais. Je l'ai déjà éprouvé ; tous les télépathes font cette expérience lorsque leurs dons s'éveillent et se développent, mais cela survient généralement pendant l'adolescence ; à votre âge, c'est plus marqué. Nous appelons cela la maladie du seuil. Ce n'est pas grave, cela ne vous fera aucun mal, mais c'est effrayant. Je sais. Serrez ma main ; tout ira bien.

Peu à peu, accroché à cette petite main ferme, le monde de Barron se redressa. La sensation de vertige demeura, mais Melitta était une présence solide et ferme et pas seulement physique, dans un monde tournoyant.

— Quand cela vous arrivera, essayez de fixer votre esprit sur quelque chose de solide, de réel.

— Vous, vous êtes réelle, murmura-t-il. Vous êtes la seule personne réelle que j'aie jamais connue.

— Je sais, dit-elle d'une voix très douce.

Elle se pencha et effleura ses lèvres des siennes. Elle resta près de lui, et sa présence chaleureuse était comme un point de lumière et de stabilité dans les ténèbres changeantes. Enfin, il prit une profonde inspiration et se força à lui lâcher la main.

— Vous ne devriez pas être là. Si Desideria découvre que vous avez disparu...

— Que lui importe ? Elle aurait dû faire davantage pour vous. C'est une Gardienne, une télépathe entraînée, alors que moi... mais j'oublie que vous ignorez la formation qu'elles subissent. Les Gardiennes se consacrent, corps et esprit, à leur tâche — elles doivent rester distantes et apprendre à n'éprouver aucune émotion...

Elle rit, d'un rire cristallin et étouffé, puis elle reprit, presque en pleurant :

— De plus, Desideria ne le sait pas, mais elle et Storn...

Elle s'interrompit. Peu importait à Barron ; pour le moment, il ne s'intéressait pas à Desideria. Elle se pressa contre lui, seule chose réelle et chaleureuse dans son monde, la seule chose qui lui importait et lui importerait jamais...

Il murmura, profondément bouleversé, sanglotant presque :

— Quand je pense que j'aurais pu ne jamais vous connaître...

Elle murmura :

— Nous nous serions toujours trouvés. Depuis le bout du monde, depuis le bout de l'univers, nous nous serions trouvés. Nous appartenons l'un à l'autre.

Puis elle l'attira contre son sein et il se perdit en elle. Et sa dernière pensée avant que toute pensée disparaisse, fut qu'il avait toujours été un étranger sur son propre monde, et que cette étrangère d'un monde étranger lui donnait pour la première fois l'impression d'être rentré à la maison.

14

ILS se mirent en route deux heures avant l'aube, en pleine tempête de neige. Peu après le départ, les forgerons montés sur des poneys trapus et vêtus d'épaisses fourrures prirent des apparences d'ours polaires. Barron chevauchait près de Melitta, mais ils ne se parlaient pas. Les sentiments qu'ils éprouvaient étaient trop profonds pour les exprimer en paroles. Cependant, il percevait sa peur — l'inquiétude croissante que lui inspirait leur entreprise désespérée.

Selon Valdir, le culte de Sharra était interdit depuis longtemps, et Larry avait tenté de lui expliquer que les dieux de Ténébreuse étaient en réalité des forces naturelles. *Que va-t-il se passer? Violer une antique loi doit constituer un crime grave — Melitta n'est pas lâche, et pourtant, elle est terrifiée.*

Desideria chevauchait seule en tête de la colonne, petite silhouette curieusement frêle et pitoyable, et Barron sentait, sans l'analyser, l'isolement imposé à celle qui devait manœuvrer des forces incroyables.

Quand ils eurent passé le col et aperçurent le Château de Storn sur la hauteur, grande masse sévère et imposante qu'il n'avait jamais vue, il réalisa pourtant qu'il l'avait déjà vu par les yeux de Storn-vision magique où il volait dans l'étrange réseau magnétique qui liait son esprit à l'oiseau mécanique.

Avais-je rêvé cela ?

Melitta lui prit la main et dit d'une voix tremblante :

— Nous y voilà. Pourvu que nous arrivions à temps — Storn, Edric, Allira — je me demande s'ils sont encore vivants ?

Barron lui serra la main sans répondre. *Même si tu n'as plus personne au monde, tu m'auras toujours près de toi, ma bien-aimée.*

Elle lui sourit mais garda le silence.

Maintenant, les forgerons démontaient et avançaient furtivement, dissimulés par les rocs et l'obscurité, sur le sentier menant aux grandes grilles closes de Storn. Barron, entre Desideria et Melitta, avançait sans bruit avec elle, se demandant en quoi ce qu'ils allaient faire pouvait les terroriser ainsi. Melitta murmura :

— Au moins, c'est un risque à prendre.

Puis elle se tut, et continua à monter, agrippée à sa main.

De nouveau, Barron perdait la notion du temps ; il ne savait pas s'ils avaient monté dix minutes ou deux heures, mais ils se retrouvèrent bientôt dans l'ombre des murailles, au pied des grilles. Le ciel commençait à rosir vers l'est. Puis le grand disque sanglant du soleil monta au-dessus des pics. Desideria, considérant les petits hommes faisant cercle autour d'elle, prit une profonde inspiration et dit :

— Il faut commencer sans tarder.

Melitta regarda les murailles avec inquiétude et dit d'une voix tremblante :

— Je suppose que Brynat a posté des sentinelles là-haut. Dès qu'il s'apercevra de notre présence nous recevrons... des flèches et des projectiles.

— Mieux vaut ne pas lui en laisser l'occasion, acquiesça Desideria.

Elle fit signe aux forgerons de resserrer le cercle autour d'elle, et elle se mit à leur donner ses instructions que Barron comprit, bien qu'elle parlât leur dialecte dur et barbare.

— Serrez-vous autour de moi ; ne bougez pas, ne parlez pas ; gardez les yeux fixés sur le feu.

Puis elle se tourna vers Barron, l'air troublé et un peu effrayé, et dit :

— Désolé, il faudra que ce soit vous, bien que vous ne soyez pas un adorateur de Sharra. Si j'avais réalisé ce qui s'est passé, j'aurais emmené avec moi un autre télépathe entraîné ; Melitta n'est pas assez forte. Vous...

Il réalisa soudain qu'elle ne l'avait pas encore regardé en face et qu'elle ne l'avait pas appelé par son nom depuis le matin.

— ... vous devrez prendre place au pôle de la force.

Barron voulut protester qu'il ne connaissait rien à ces choses, mais elle l'interrompit sèchement.

— Mettez-vous là, entre moi et ces hommes ; visualisez-vous en train de rassembler toute la force de leurs sentiments et de leurs émotions et projetez-la sur moi. Ne me dites pas que vous n'y parviendrez pas. On m'entraîne depuis huit ans à juger de ces choses, et je sais que vous en êtes capable si vous dominez vos nerfs. Sinon, nous mourrons tous. Ne vous étonnez donc de rien, quoi qu'il arrive. Restez concentré sur moi, c'est tout.

Comme actionné par des ficelles, Barron se retrouva à la place qu'elle lui indiquait, et pourtant, il savait qu'elle ne le contrôlait pas. Plutôt, sa volonté était en accord avec celle de Desideria, et il exécutait ce qu'elle pensait.

Avec un dernier regard inquiet sur les hautes murailles, elle fit signe à Melitta.

— Melitta, allumez le feu.

Du paquet enveloppé de soie qui ne la quittait pas, Desideria sortit un cristal bleu, gros comme un poing d'enfant, taillé à facettes et dans les profondeurs duquel jouaient des feux éclatants et des rubans de lumière. Il semblait liquide, malgré sa structure cristalline, et lorsqu'elle le prit entre ses deux mains, il sembla changer de forme, tant ses reflets et sa couleur se modifiaient.

Melitta battit le briquet et l'amadou s'enflamma dans sa main. Desideria lui fit signe de jeter la mèche à ses pieds. Barron regardait, pensant qu'elle allait s'éteindre. Livide et grave, Desideria était penchée sur le cristal, intensément concentrée, la bouche tirée, les narines pincées et décolorées. La lumière bleue émanant du cristal sembla s'intensifier, jouer autour d'elle, se refléter sur elle — et soudain, au lieu de s'éteindre, le feu s'embrasa, ses reflets sanglants se mêlant à la lumière bleue du cristal sur le visage de Desideria — flammes étranges et dansantes.

Ses yeux, gris, immenses et presque inhumains rencontrèrent ceux de Barron de l'autre côté du feu, comme si une ligne matérielle les unissait. Il entendit presque la voix de Desideria dans sa tête : « *N'oubliez pas !* »

Puis il sentit derrière lui une intense pression déferler sur son esprit — les esprits liés des forgerons qui déversaient leur force dans le sien. Il lutta désespérément pour dominer cette nouvelle attaque de son esprit. Il lutta, perdant le contrôle, haletant, le visage contorsionné, pendant ce qui lui parut une éternité — bien que cela ne durât que quelques secondes. Le feu tomba, et il lut rage, peur et désespoir sur le visage de Desideria. Puis Barron comprit ce qu'il devait faire — c'était comme rassembler une poignée de fils brillants, les tresser vivement en une corde qu'il devait jeter à Desideria. Il la sentit presque la saisir. Le feu reprit, flamba avec exubérance.

Puis il plongea, vacilla en direction de Desideria. L'enveloppa.

Le souffle coupé, Barron faillit rompre le rapport, mais il se ressaisit rapidement. Soudain, il sut qu'il ne fallait pas flancher, car dans ce cas, ce feu magique de l'esprit s'affranchirait de leur contrôle, deviendrait un feu ordinaire et consumerait Desideria. Désespérément concentré, il sentait derrière lui les soupirs retenus des hommes, la qualité de leur adoration, tandis que le feu jouait autour de la jeune fille délicate, sereine au milieu des flammes, dont le corps, la robe légère et les tresses rousses semblaient flamber.

A la limite de sa conscience, Barron entendait crier sur les murailles au-dessus de lui, mais il n'osa pas lever les yeux pour regarder. Avec l'énergie du désespoir, il maintenait le rapport entre les forgerons et la jeune fille entourée de flammes.

Une flèche partit de nulle part ; derrière lui, quelqu'un cria et un fil presque invisible se brisa et s'évanouit, mais Barron en eut à peine conscience. Il savait sans savoir comment que quelque chose avait éveillé le château, que les hommes de Brynat savaient qu'ils subissaient un étrange assaut. Mais son esprit restait fixé sur Desideria.

Les flammes s'amplifièrent et un hurlement éclata derrière eux. Desideria poussa un cri de surprise, de terreur et d'admiration puis — sous les yeux de Barron, sa frêle silhouette vêtue de feu grandit immensément, et prit majesté et puissance. Ce n'était plus la délicate adolescente, mais la forme voilée de Sharra, gigantesque, s'étirant jusqu'au niveau des créneaux, couronnée de flammes, vêtue de feu et levant des bras d'où pendaient des chaînes dorées flamboyantes.

Les forgerons poussèrent un cri étouffé et les villageois se pressèrent derrière eux.

— Sharra ! Sharra — couronnée de flammes et enchaînée d'or — Sharra ! Fille du Feu !

L'immense forme grandit encore, riant, agitant ses boucles flamboyantes et ses bras enchaînés, en proie à une exultation sauvage. Barron sentait le flux croissant de la force, les esprits liés et les émotions des adorateurs qui se déversaient en lui et passaient dans le corps de Desideria — dans la forme-flamme, la Forme de Feu.

Des idées imprécises vagabondaient à la limite de sa

conscience. *Des chaînes. Est-ce la raison pour laquelle les Séchéens enchaînent leurs femmes? Les légendes enseignent que si jamais Sharra brisait ses chaînes, le monde serait anéanti par le feu... Sur Terra, un vieux proverbe dit que le Feu est un bon serviteur mais un mauvais maître. Sur Ténébreuse aussi; toute planète qui connaît le feu possède un dicton équivalent. Larry! Toi! Où es-tu? Pas ici; je parle à ton esprit, je te verrai plus tard.*

Il reprit le rapport avec Desideria, sachant vaguement qu'il ne l'avait jamais rompu et qu'il évoluait maintenant en dehors du temps normal et de la perception spatiale ordinaire. Storn était présent également, mais Barron écarta cette perception, écarta tout à l'exception des lignes de force qui, presque visibles, partaient des adorateurs, et, traversant son corps et son esprit, se déversaient dans la Forme de Feu. Avec des perceptions décuplées, il voyait dans et à travers la Forme de Feu — il voyait Desideria calme et concentrée, frêle et triomphante — mais ce n'était pas avec ses yeux.

Maintenant, des flèches s'abattaient sur la foule, mais tombaient sans force, s'émoussant sur les hommes en transe. L'une d'elles s'enfonça dans la Forme de Feu, s'enflamma et disparut en chaleur éblouissante. La forme grandissait toujours, atteignait le haut des murailles et, au milieu d'une immense clameur, tendait les mains qui lançaient des boules de feu et des éclairs. Sur le chemin de ronde, les guerriers hurlaient quand leurs vêtements, puis leurs chairs, prenaient feu.

Barron ne sut jamais combien dura cet étrange et terrible combat, car il le passa dans un monde intemporel, au-delà de la fatigue, au-delà de la conscience, sentant Brynat, fou de rage, essayant de rallier ses hommes qui fuyaient, brûlaient, mouraient, sentant la grande Forme de Feu renverser les murailles comme un château de cartes. Brynat, désespéré, bravant jusqu'au bout avec courage la magie en laquelle il ne croyait pas, courait le long des murs, essayant d'échapper aux flammes.

Un grand oiseau blanc surgit du néant, et battit follement des ailes autour de Brynat qui agita les bras pour l'écarter ; mais il se rapprochait toujours, et lui becqueta les yeux de son long bec d'acier. Brynat perdit l'équilibre, et, avec un hurlement terrible, chancela, et tomba dans le ravin entourant le château.

Les flammes tombèrent et moururent. Barron sentit le réseau de forces s'affaiblir et se rompre. Il réalisa qu'il était à genoux, comme abattu par la force terrible du courant passé à travers lui. Melitta immobile, interdite, contemplait les hauteurs.

Et Desideria, redevenue une simple adolescente, — une adolescente petite, fragile, rousse et livide — la robe et les cheveux intacts, était debout au milieu des flammes qui mouraient doucement. Faisant appel à ses dernières forces, elle fit un signe, les flammes vacillèrent et s'éteignirent. D'un geste las, elle mit le cristal bleu dans son corsage, puis elle s'effondra par terre, et y resta immobile, comme morte.

Au-dessus d'eux, une brèche s'ouvrit dans les fortifications, que seuls les mourants défendaient.

15

Avec une crainte révérencielle, les forgerons transportèrent Desideria dans le château par la brèche ouverte dans les murailles. Ils auraient fait de même pour Barron, mais il leur ordonna de le lâcher et s'approcha de Melitta, qui regardait, chancelante et livide. Les forgerons se débarrassèrent des morts très simplement, en les jetant dans le ravin ; au bout d'un moment, seuls les vols de kyorebni, les charognards de Ténébreuse, indiquaient l'endroit de leur dernier repos. Emportés par l'élan, ils auraient fait de même pour les blessés et les mourants, mais Barron le leur interdit, constatant avec stupéfaction que maintenant sa parole faisait loi. Mais il se demanda bientôt pourquoi il avait agi ainsi ; qu'allaient-ils faire de ces bandits ? A sa connaissance, il n'y avait pas de prisons sur Ténébreuse, à part quelques cellules à la Cité du Commerce, où l'on enfermait brièvement les bagarreurs et les ivrognes, pour leur donner le temps de se calmer ; sinon, quiconque commettait des actes de violence, ou bien mourait au cours de l'action, ou tuait celui qui aurait tenté de s'interposer. Ténébreuse devrait sans doute penser un jour à des châtiments plus doux que la peine de mort, et il souhaitait sincèrement qu'Aldaran s'attelât à cette tâche.

Sur l'ordre de Melitta, ils descendirent dans le

donjon et libérèrent le jeune Edric de Storn, qui, à la surprise et consternation de Barron, était un adolescent de quinze ans. Les terribles blessures reçues au cours du siège étaient en voie de guérison, mais Barron réalisa, atterré, qu'il en garderait des cicatrices et serait infirme le reste de sa vie. Il accueillit ses libérateurs avec toute la courtoisie d'un jeune roi, puis il s'effondra et sanglota éperdument dans les bras de Melitta.

Allira, hébétée et folle de terreur — elle ne savait pas si cette nouvelle attaque était lancée par des libérateurs ou par une autre bande impatiente de remplacer Brynat — s'était cachée dans la Suite Royale. Barron, qui s'en était formé une étrange image d'après les pensées de Melitta, constata que c'était une jeune femme grande, blonde, calme — que la plupart jugeaient plus belle que Melitta — qui surmonta bien vite sa panique. Fière et digne, elle remercia ses sauveurs et se mit à leur service, puis se consacra à réconforter Desideria.

Barron était hébété de fatigue, mais trop nerveux pour se détendre ne serait-ce qu'un instant. Il pensa : *je suis épuisé et affamé, et je voudrais bien qu'on nous serve le festin de la victoire,* mais il ajouta fermement à part lui : *ce n'est pas terminé, d'autres tâches nous attendent.*

Il réalisa, incrédule, que le soleil n'était qu'à trente degrés au-dessus de l'horizon ; la terrible bataille avait duré moins d'une heure.

Le grand oiseau blanc, étincelant comme si des gemmes brillaient à travers ses plumes, piqua sur lui, semblant l'encourager à monter. Il monta le long escalier, tenant Melitta par la main. Il franchit l'arche et le voile bleu du champ magnétique et entra dans la salle où se dressait le catafalque couvert de soie. Une forme endormie, en transe ou morte, y gisait, immobile comme une statue. L'oiseau voleta au-dessus d'elle, puis s'abattit soudain sur le sol en un petit tas de plumes où luisaient des pierreries, comme un jouet brisé.

Storn ouvrit ses yeux aveugles, s'assit et leur tendit les mains.

Melitta s'élança vers lui et le prit dans ses bras, riant et pleurant à la fois. Elle commença à lui raconter la bataille, mais il sourit.

— J'ai tout vu — par les yeux de l'oiseau. La dernière chose que je verrai de ma vie. Où est Barron ? ajouta-t-il.

— Me voici, Storn, dit Barron.

Jusqu'à cet instant, Barron pensait qu'il aurait envie de le tuer, mais il constata que sa rage et sa fureur s'étaient envolées. Il avait été une partie de cet homme pendant des jours. Il ne pouvait pas le haïr ni même lui en vouloir. Que pouvait-il faire à un aveugle, à un frêle infirme ? Storn disait d'une voix grave nuancée de remords :

— Je vous dois tout. Tout. Mais j'ai bien souffert — et j'accepterai tout ce qu'on m'infligera.

Barron ne sut que répondre. Il dit bourrument :

— Nous avons tout le temps d'en parler, et ce n'est pas devant moi que vous aurez à en répondre.

Storn se leva, s'appuyant lourdement sur Melitta, et fit quelques pas hésitants. Barron se demanda s'il était paralysé en plus de tout le reste, mais Storn, qui perçut sa pensée, le rassura :

— Non, simplement raide d'être resté longtemps en transe. Où est Desideria ?

— Je suis là, dit-elle derrière lui, s'approchant pour lui prendre la main.

— J'aurais aimé voir votre visage une fois, rien qu'une fois, de mes propres yeux, murmura-t-il.

Il soupira et se tut. Barron ne ressentait plus aucune colère contre Storn, seulement de la pitié ; et il savait, avec cette nouvelle prescience qui ne le quitterait plus, que cette pitié était la pire vengeance qu'il pût exercer à l'égard de l'homme qui l'avait dépouillé de son métier, de son corps et de son âme.

Une corne sonna tout en bas dans la cour, et les

femmes se précipitèrent à la fenêtre. Barron n'eut pas besoin de les suivre. Il savait ce qui se passait. Valdir Alton arrivait, avec Larry et sa suite. Ils les avaient suivis dans les montagnes, puis, après avoir perdu leur trace, ils étaient venus directement au château de Storn, sachant que tôt ou tard ils y reviendraient. Barron ne se demandait plus comment on avait découvert que Storn s'était emparé de sa personne. Larry avait été en rapport télépathique avec lui trop longtemps pour se laisser abuser.

Storn se redressa, avec un courage qui fit beaucoup pour dissiper la pitié de Barron et lui rendre son estime.

— Mon châtiment est dans les mains des Comyn, dit-il, comme se parlant à lui-même. Venez, je dois aller accueillir mes hôtes — et mes juges.

— Vous juger ? Vous punir ? dit Valdir Alton, des heures plus tard, quand toutes les formalités furent terminées. Comment vous punir davantage que par la destinée que vous devrez vivre, Loran de Storn ? Vous étiez libre, vous êtes enchaîné, vous voyiez et vous êtes redevenu aveugle. Croyiez-vous vraiment que c'était uniquement pour protéger les victimes que nous avions institué ce tabou ?

Barron avait trouvé difficile d'affronter Valdir ; il regarda dans les yeux son juge sévère et dit :

— Entre autres choses, je vous dois un cheval.

— Gardez-le, dit Valdir. Je vous destinais son jumeau quand vous auriez terminé votre tâche parmi nous ; je le donnerai à Gwynn à la place. Je sais que vous n'êtes pas responsable de votre départ précipité, et nous vous devons des remerciements — ou à Storn, précisa-t-il avec un petit sourire, pour avoir sauvé la station et tous les chevaux le soir du Vent Fantôme.

Il se tourna vers Desideria, et son regard se fit sévère.

— Saviez-vous que nous avions interdit le culte de Sharra il y a des siècles ? demanda-t-il.

— Oui, s'emporta-t-elle, vous autres Comyn voulez nous priver à la fois des nouveaux pouvoirs de Terra et des antiques pouvoirs de Ténébreuse.

Il secoua la tête.

— Je ne suis pas satisfait de ce que font les Aldaran. Mais par ailleurs, je ne suis pas satisfait non plus de ce que font les miens. Je n'aime pas l'idée selon laquelle Terra et Ténébreuse doivent rester à jamais la force irrésistible et l'objet immuable. Ce sont des planètes sœurs qui devraient s'unir et non pas s'opposer. Tout ce que je peux vous dire, Desideria, c'est : que Dieu vous aide, n'importe quel dieu que vous pourrez trouver ! Et vous connaissez la loi. Vous avez participé à une guerre privée et éveillé les dons télépathiques de deux personnes qui ne les possédaient pas ; maintenant, vous, et vous seule, vous avez la tâche d'enseigner à vos... victimes à se protéger. Vous aurez peu le loisir de vous livrer à votre fonction de Gardienne, Desideria. Vous avez maintenant la responsabilité de Storn, Melitta et Barron. Ils doivent être entraînés à utiliser les pouvoirs que vous avez éveillés en eux.

— Je ne suis pas seule responsable de cet éveil, dit-elle. Storn avait découvert ces choses par lui-même — et ce sera pour moi une joie, non un fardeau, que de continuer à l'aider !

Elle foudroya Valdir avec défi, et prit les fines mains pâles de Storn dans les siennes.

Après avoir consulté Valdir du regard, comme pour lui en demander la permission, Larry se tourna vers Barron et dit :

— Votre travail parmi nous n'est pas terminé. Vous n'êtes pas obligé de retourner dans la Zone terrienne, sauf si vous le voulez. Mais, pardonnez-moi, je crois que votre place n'est plus là-bas maintenant.

— Je crois que ma place n'a jamais été là-bas, dit Barron.

Melitta ne bougea pas, mais il eut l'impression

qu'elle était venue se placer à son côté quand il conclut :

— Ma place n'a jamais été nulle part, sauf ici.

En un éclair, il aperçut un avenir étrange et divisé ; un Terrien travaillant à la fois pour et contre Terra dans ce monde curieusement désuni, toujours déchiré et sachant pourtant qu'il avait enfin trouvé sa place. Storn lui avait pris son corps, et en retour, il lui avait donné un cœur et un foyer.

Il savait que son univers était maintenant dans ce château ; que si Storn avait pris sa place, il prendrait de plus en plus celle de Storn au cours des ans. Il maîtriserait ce nouveau monde, qu'il verrait par deux paires d'yeux différentes. La Ténébreuse qu'ils connaissaient deviendrait un monde nouveau. Mais avec Melitta à son côté, il n'avait aucune crainte du futur ; ce monde était bon, et maintenant, c'était son monde.

*Achevé d'imprimer en octobre 1990
sur les presses de l'Imprimerie Bussière
à Saint-Amand (Cher)*

PRESSES POCKET - 8, rue Garancière - 75285 Paris
Tél. : 46-34-12-80

— N° d'imp. 2890. —
Dépôt légal : avril 1990.
Imprimé en France